淑女的品格

〔日〕山本文绪 著　赵冰清 译

南海出版公司

新经典文化股份有限公司
www.readinglife.com
出　品

目录

下 跪

虽然说我可能是自作自受，但我很害怕妻子。

刚认识的时候，我的妻子祐实还是一位无忧无虑的少女。她当时刚满二十岁，为了参加成人礼，穿着大振袖和服①，端坐在居酒屋的座席上。

我原本就认识她。话虽如此，不过是在学校的大教室和食堂常常见到她而已，两个人从来没有说过话。

她穿着印有粉色花纹的淡黄色和服，就像一团松松软软的棉花糖，可爱得让人恨不得带回家去装饰在电视机上。

我也到了参加成人礼的年龄，可是不愿意回乡下老家去，就在打工的居酒屋没完没了地端啤酒。

①振袖和服是一种宽袖礼服。根据袖宽分为大振袖、中振袖、小振袖，其中大振袖是规格最高、最正式的礼服，一般由未婚女性穿着。

"今天参加成人礼的客人恐怕会穿着和服来店里，大家多注意一点。"我想起开门时店长说过。他还自言自语似的说："是去年吧，有个傻瓜喝醉了，往人家五十万日元的和服上吐了一身。那家伙后来怎么样了？好像是把车卖了，赔给人家的吧。"

狭窄的店堂坐满了人。除了她，还有好几位身着振袖和服的女孩。平常，我会一边喊着"劳驾劳驾"，一边从一排工薪族屁股后面挤过去，但今天没这样做。我右手端着两杯大号啤酒，为了不让左手中盛着韩式泡菜的碟子滑落下来，手指抠得紧紧的。

我刚好从棉花糖小姐的背后走过，瞥见了她微笑的侧脸，不由得冒出一个念头，要是此刻我在这里摔倒，会怎么样呢？

"喂——啤酒是这边点的！"就在这时，身后传来一个醉醺醺的声音。啊？我一转身，同时感觉啤酒杯碰到了什么东西。

"哎呀！"一声尖叫传来。啤酒碰歪了，杯里满满的啤酒洒在了她盘好的发髻上。

"糟啦！"我心中一惊，一时间手足无措，左手中的泡菜碟子也一下子滑下来，像猫儿似的在空中翻了个个儿，扑通一声落在了她跪坐着的膝头。

即便在那个时候，她也没有生气。

我在公寓的门外站着。

这扇铁门，我已经不知打开过多少次了。每次开门，都感觉它一点一点变得比上一次更沉重。最近如果没有足够的心理准备，我都打不开这扇铁门了。

时间已是深夜一点。明天依旧要七点起床去公司上班，真想赶紧钻进被窝睡觉。

然而，我却站在门外，眼睛盯着自己的鞋头。门里传来微弱的电视声。妻子还没睡，在等着我回家。我长长地吐出一口气，从兜里掏出钥匙打开了门锁。

"回来啦？"

铁门一开，妻子就从走廊那头小跑过来。

"喝酒去了？"

"嗯。喝了一点儿，应酬。"

我含糊地回了一句，开始脱鞋。

"要不要吃点什么，还是先去泡澡？"

妻子就像新婚燕尔的时候那样，我一回家，她必定会问我，要吃饭还是先泡澡。

"不了，宴会上吃了很多，都这个时间了，泡澡会打扰楼下的邻居。"

她乌黑的瞳仁紧紧地盯着我。已经是深夜了，她还化着妆，一本正经地穿着衬衫和裙子。我的目光不安地躲闪着。

"那么，我泡些茶吧。"妻子的肩膀没精打采地沉下去。

我其实不想喝茶，恨不得赶紧钻进被窝睡觉，但无论如何也做不到如此冷漠。

看着妻子走向厨房，我进了卧室。虽说是卧室，不过是和式的房间里铺上了被褥。今天房间里也并排铺着两床被褥。

结婚时母亲送的红色和蓝色的羽绒被，外面罩着白色的被罩，今天仍然整齐地并排放在一起。妻子最初是反对在和式房间里铺被褥睡觉的。她想把收到的被褥留给客人用，在西式房间里放两张床作为我们的卧室。我半开玩笑地说："一张双人床就行了啊。"妻子当时的表情，我恐怕一辈子也忘不了。她用看见色情狂一般的眼神望着我。

受伤的我便决定，不管妻子心里是打算睡客厅还是睡厨房，都要让她睡和式房间。现在想来，当时没有选择双人床实在是正确的决定。我将整整齐齐放在枕边的睡衣换上，回到客厅。两杯热腾腾的茶和笑盈盈的妻子正在那儿等着我。

坐进沙发，我拿起遥控打开电视。深夜综艺节目的画面出现在眼前。

"哎，这个星期六休息吗？"

祐实问我。我看了她一眼。沙发放在电视的正对面，我和妻子并排坐着，而我看到的却不是她的侧脸。她拧着上半身转过来，面对面直视着我。

"……有工、工作。"

我不由得脱口而出。

"是吗，那就没办法了。"

"抱歉。"

"没事。那星期天休息吧？"

我含糊地点点头换了电视频道。妻子的目光根本没落在电视上。我的左脸几乎要被她的视线灼伤。

每天回到家已经是深夜，毫无疑问是去喝酒了，周六谎称有工作，要出门去什么地方，周日则以劳累为借口闷头睡一整天。

对于这样的我，妻子从来没有一句怨言。岂止是没有怨言，还一直像这般笑脸相迎。

从泡菜事件开始，到现在已经七年了，我们从来没有吵过一次架。

并不是没有关系恶劣的情况，但是我一有什么不满就沉默不语，妻子也是越生气越不愿开口说话。

"哎，有件事想拜托你。"

听到妻子这句话，我的心跳骤然加快，表面上却故作冷静地喝着茶。

"要是可以的话，周日下午能不能开车送我一下？我想买些米和味噌之类比较重的东西。能开车送我到超市最好，但如果太累就算了，我骑自行车去。"祐实微笑着用柔和的口气说。

啊，这表示她已经非常愤怒了。

"当然可以啦。好了，睡吧。明天还得早起。"

仿佛在应和妻子的笑容，我也爽朗地笑了，一边说着"睡吧睡吧"，一边干笑着向洗漱间走去。看着我的背影，妻子开口了："县道旁边开了一家大型家具店，你知道吗？"

她唐突的话让我回过头来。

"传单发到家里来了，你看看。"

祐实仿佛很开心似的，哗啦一声展开广告册子给我看。

"有开业纪念特卖。床卖得这么便宜。你以前不是说过想要一张双人床吗？"

我听着妻子爽朗的声音逃向洗漱间，心跳得飞快，然后对着镜子，拿起插在漱口杯里的牙刷，手在颤抖。我注意到颤抖的牙刷头上蹭到了什么绿色的东西。一闻，气味刺鼻。不用舔，也知道那是什么。放牙膏的地方一直放着一管芥末酱。

我是打心底迷恋祐实。

那时，我追了又追，求了又求，直到我下跪恳求，她才同意嫁给我。

泡菜落了在二十岁的祐实美丽的和服上，她不慌不忙地起身，用身边的人匆忙递过来的湿毛巾擦了擦，但橙色的污迹还是无情地晕染开来。

闯下如此大祸，我连声音都发不出来，她却只是静静地对我微笑。

"怪我自己，不该穿成这样来喝酒。"

说完这句话，她就优雅地穿上草履出了店门。几个与她同行的人和我急忙追出去，她朝路过的出租车挥挥手，车一停，她就潇洒地从大惊小怪的我们面前消失了。

尽管如此，并不是说我就被无罪赦免了。

第二天，我带上手头所有的现金，拎着点心去她家赔礼道歉。

这是我人生第一次下跪。我并没有奢望得到原谅，打算如果一次还不清礼服的钱，就多打几份工，分期偿还。

然而她和她母亲却让我进了家门，还请我喝茶。

"污渍清洗干净就行了，穿着容易弄脏的服装去居酒屋，也怪我自己不好。如果您还是在意的话，负担清洗的费用就可以啦。"她笑靥明媚地说。

我觉得，她看起来就像是圣母马利亚。

我也知道这有些夸张，但当时的确是这么想的。

因为这件事，我能和她亲近地讲话了。在学校碰见，我们也站着聊上几句。一来二往，渐渐有了共同的朋友，常常出去喝酒，还一起去滑雪旅行。

我喜欢上了祐实，对她心醉神迷，就像中了女巫的魔咒一样。

她总是带着柔和的微笑，绝不说粗鲁的话，也不会挖苦讽刺别人。只要听见谁咳嗽，她就会微微扭过头问："是感冒了吗？"在学校里见到的她，总是被许多朋友围在中间，开心地笑着。

回忆当初的时光，让人感慨万千。真希望她能回到那个时候的样子。如果可以的话，我真想在有生之年，都透过错觉这面磨砂玻璃去看她。

父亲在我工作后第二年的夏天去世了。

母亲打来电话说："听说你爸爸死了。"我赶紧询问父亲的妻子，才知道前一天晚上父亲因为脑溢血去世了。

父母在我上高中的那年离了婚，很快有了各自的家庭。无论与哪个家庭共同生活，都让我感到压抑，于是在母亲的新家附近租了公寓一个人住。

我不想看到父母为了讨好新配偶竭尽心力的样子，因此没去过任何一方的家，平时没事也不怎么联络。

父母会在突然想起我的时候打电话来，没有什么特别的事，稍稍闲聊一会儿就挂掉。

一方打来电话时，我就得把另一方的近况简单地说一说。我原以为离了婚的夫妇对彼此的事是没有兴趣的，可他们似乎乐于知晓对方"过得还不错"。这两个人曾经那么憎恨对方，多次闹分手，甚至朝对方扔锅碗茶杯，实在让人觉得不可思议。

于是，我成了父母的信息中转站。父亲的离世，也是母亲听到传闻之后通过我证实的。

父亲的新太太（已经没有那么新了）让我去为父亲上炷香，而母亲无论是守夜还是葬礼都没有露面。对我来说，那毕竟是血脉相连的亲生父亲的葬礼，所以还是去了火葬场。

在火葬场的休息室里，我喝着反复冲泡、味道寡淡的茶，等着父亲被火烧尽的时候，一位自称是父亲律师的人来找我谈话。

他问我，由于父亲没有留下遗嘱，遗产分配是否可以依照法律执行。我茫然若失地盯着他的脸。父亲有多少遗产，我有权利获得多少，这些事我从来没想过。

即便有我的份，也不至于是很大的金额吧。要是指望这个的话，一定会失望的，我决定尽量不考虑这些事情，继续过自己的日子就好。

一年之后，当这件事已经快被我遗忘的时候，我那余额栏总是惨兮兮地显示着负数的银行账户里，忽然出现了三千万日元进账。

在银行的现金服务柜台旁，我吓得全身瘫软，忽然想起小时候父亲喝醉之后，说过屋后的那座山是他的。

我毕业于一所二流私立大学，不擅社交，也没有才华，参加过的面试无一通过，最后被一家小型游戏软件公司收留了下来。我被分配到营业部，每天忙得团团转，收入却少得可怜。

但我不想处处抱怨。除了这家公司，再没别的公司会给我发工资了，埋怨世道不公之前，还是先怪自己无能吧。

那段时间里唯一快乐的日子，是每月和祐实吃一次饭。她似乎已经有了稳定的交往对象，这当然令人痛苦，但重要的是，我还能作为好朋友偶尔和她见见面。最可怕的事莫过于再也见不到她。

我明白，自己不管做什么事情都是中下游水平，也没有人格魅力。没有爱好，没有野心，也没有钱。

我只有一个模糊不清的梦想，就是向祐实求婚。我所在的公司是一家小公司，只要努力，年纪轻轻的人也有可能成为领导。要是我出头有望，到时候她又是单身的话，就向她求婚。我心里这样盘算着。

然而这简直是痴人说梦。我总是被领导训斥得一无是处，这样的人是不可能得到升迁的。同时，世上的男人们也不会对祐实放手。她的美一年胜似一年。让人如沐春风的笑容依然如故，原本孩子气的神情举止每次见面都显得更成熟。一定有比我更配得上她的男人。

正当我准备放弃还有五十多年要过的人生，以及爱慕的女人时，突然来了一笔三千万的收入。如果内心毫无动摇的话也太奇怪了，我承认我动摇了。

我决定先给母亲一千万，再考虑余下的两千万该如何使用。

可以一点一点用来贴补日常生活的开销，但最终一定会不着痕迹地被花干净吧。也可以做点买卖什么的，然而我觉得自己这样愚钝的人不是做生意的料。

剩下的只有不动产可想了。这么大一笔钱，付首付是足够了，之后每月再支付和公寓房租差不多的贷款，应该能买下一套不错的房子。

我有点动摇，甚至有些飘飘然了。

转了几家不动产公司，看了几处房产，还是觉得即便贵一些，也要买一套好房子。

于是我在离市中心乘坐城铁约三十分钟的街区，购置了一套价值四千万日元的房子。签订合同的当晚，我约祐实出来吃饭。

趁着这股兴奋劲儿，在回家的路上，我向她求婚了。

这是我人生第二次下跪。

回想起来，最幸福的日子是订婚后的第一年。

求婚的当晚，她并没有点头允诺。一起吃过那么多次饭，我都没有透露过这份心思，突然向她求婚，她一定感到很吃惊。

在那之后，祐实总是对我若即若离，巧妙地应付我。我想那段时间，她也许在处理和以前的恋人的关系。

"让我做你的妻子吧。"

她对我说出这句话，是半年后的事了。人生真是无法预料会发生什么。我望着冬夜的星空深深地感叹。

接下来的一周，我一狠心，预定了市中心高级酒店的套房庆祝我们订婚。那是我第一次和她上床。

我忘乎所以，兴致飘然。在床上，她裹着被子对我说："好想在这里举办婚礼啊。"我毫不犹豫地点点头说："交给我吧。"第二天早上，我就到酒店的婚庆礼宾柜台，预约了一年后的良辰吉日举办婚宴。

没有人反对我们的婚姻。我母亲当然不会反对，她的父母叫我"那个泡菜男孩"，很欢迎我。似乎之前的下跪给他们留下了好印象。谁能说得清人生中到底什么是福，什么是祸呢？

祐实当时有工作，我们无法频繁见面，但是每到周末，她一定会到我新买的公寓来，为我打扫卫生和做饭。不过她说在正式举行婚礼之前要分清界限，所以不在我家留宿。这样的她让我越发喜爱。

尽管和收入并不相称，我们还是花费四百万日元举办了婚礼，去新喀里多尼亚新婚旅行十天。回来后，我们本该平静无波的新婚生活开始了。

七点，枕边的闹钟响了起来。我睁开眼睛，身旁的那床被褥已经叠整齐，通往客厅的门开着一条细细的缝，咖啡的香气飘进来。这是个工作日的早晨。

"早啊，想不想吃早饭？"

妻子系着围裙，回头对我微笑。格子桌布上摆着餐碟，盛着热腾腾的面包，一支非洲菊点缀着餐桌。明明应该是让人备感幸福的景象，我却嗅到了一丝不祥的气息。

"我做了玉米浓汤，喝一点吗？"

略微踌躇了一下，我问她："有没有听见敲门声？"

"啊？有吗？"

"可能是有人来送社区公告传阅板。"

听我一说，妻子竖起耳朵，向大门走去。趁这个空当，我揭开锅盖看了看。预感果然没错。奶油色泽的仿佛很美味的浓汤中央，一只又黑又胖的蟑螂正在游泳。我迅速坐回椅子上，展开报纸遮住脸。

"一个人也没有啊。"

"那可能是心理作用吧。"

"难道已经开始糊涂啦？真糟糕。"

妻子仿佛很开心似的笑了，揭开锅盖准备盛汤。

"啊，不行。"

我在绝妙的时间点开了口。她转过头来，脸上带着一丝惊讶的表情。

"对哦，不行，不行。今天你得早一点去公司。"

我赶紧折好报纸站起身，慌忙开始换衣服，妻子始终注视着我。我披上西装外套，走到门口穿鞋，她把包递过来。

"那我走了。"

"今天也会很晚吗？"

"嗯，嗯。对不住。不知道会到几点，要不你先睡吧。对了，叫朋友来怎么样？让未希再来家里住几天？"

我极力用轻松的语调说。她大大的瞳仁一直紧盯着我。我没听她的回答就逃出了家门，慢腾腾地走在去车站的路上。要赶早去公司自然是谎话。今天不仅不用赶早，原本安排在上午的商务会谈也取消了，下午再去公司都行。我一边打着哈欠，一边向城铁车站检票口走去。要是和妻子关系正常的话，我本来可以好好睡个懒觉。

我从西装外套的内兜取出乘车卡，漫不经心地塞进自动检票机，忽然响起刺耳的警报声，面前的通道关闭了。我吓了一跳，停住脚步。恰好这时，车站工作人员从机器里取出了我的卡，说："您好，这是电话卡。"

"咦？"

我从面带微笑的工作人员手里接过卡，心想，真是太蠢了。

接过来一看，那的确是电话卡。手感和大小都和乘车卡差不多，所以没注意。那乘车卡去哪儿了呢？上衣并没有换，我习惯把它放在上衣内兜里，不太可能塞在别处，但还是搜了搜别的口袋，也搜了钱包。最终还是放弃，买了车票。乘车卡上周到期，我刚刚买了半年的。虽然不想疑神疑鬼，可回想起今天早上汤里的蟑螂，我不由得摇了摇头。如果不是妻子干的，还会是谁呢？

我进了一家离公司稍远的咖啡厅，每次偷懒的时候都来这里。

我打开大门，坐在靠窗的座位上，点了早餐套餐。店里还有几个人在吃早饭。

我知道妻子做的早饭和咖啡比这里的好吃一百倍。然而吃着干硬的面包和煮鸡蛋，我终于稍微平静下来，一边发着呆喝咖啡，一边想妻子此刻在做什么。

打扫房间、洗衣服之类的事花不了太多时间，如今我只有周日在家里吃晚饭，所以也不用准备饭菜。这大把的时间，妻子到底是怎样度过的呢？

我们没有孩子，我也不是大男子主义的人。她本来可以像婚前一样继续工作。然而我找不到合适的时机开口告诉她。

结婚后，妻子也工作过一段时间，是在一家大型服装公司的运营部。她是以几近全优的成绩毕业，给人的第一印象又非常好，面试都能顺利地通过。即便我们毕业于同一所大学，她也轻轻松松地在如此了得的公司里找到了工作。

她觉得自己的工作很有意义，说如果可以，希望一直干下去。当时我不经意地问了一句："有了孩子也继续上班吗？"她少有地面露难色，想了一下说："目前我还不打算生孩子。"

其实听她这么说，我大大地松了口气。我从来没想过要孩子。倒不是讨厌孩子，只是我还没有男人的自信。我不过是机缘巧合，得到一大笔钱买了房子，又顺势把喜欢的女人追到了手而已。然而，我仍是个辛苦工作、收入微薄的人，看不到出人头地的希望。

两个人一起工作的话，偿还贷款和应付日常生活的开销都会轻松许多。要是有了孩子，她又辞去工作，一家三口就得指着我一个人的收入过活。这无论如何是行不通的。我想尽可能享受一段二人世界的生活。

然而结婚之后，妻子变了。

也可能是我变了，但妻子的变化实在也太极端了。她无论如何都不和我做爱。

举行婚礼前，她和我几乎每到周末就会做爱。她在床上十分安静，我也算不上经验丰富，她只是闭着眼睛等着完事。我当时觉得她很可爱，还单纯地想，等结了婚，名正言顺成了夫妇，她会放松一些吧。然而封条一打开，她竟拒绝和我做爱了。

最初的三个月，我主动要求的话，她还会默默应允。可如果说从前的她是到了陆地上的金枪鱼，那么现在的她就是冷冻金枪鱼。

于是有一天，她对我说："今天我累了。"

我刚掀开自己的被子，正要把右脚伸进她的被窝，只好保持着这个愚蠢的姿势，瞪着空气愣了半响。

除了她来例假的日子，这还是我第一次被拒绝。然而我总算让自己接受了这个现实。这样的情况也是有的吧。每周两次，我觉得并不算多。我钻回被窝想，妻子是欲望淡泊的人，那就忍一忍，暂且一周一次吧。

可从那以后，每次我要求做爱，就会遭到妻子的拒绝，不是推说累了，就是没心情，"你喝了酒的时候我不喜欢"云云。很明显，妻子是在为什么事情生气。曾经那么温柔的她，不知从何时起总对我摆出一副不痛快的表情。别说做爱了，连碰她一个手指头都不行。

我不明白这是怎么回事。

我们夫妇双方都在工作，因此家务也共同分担，自己的衣物自己洗，吃饭也都自行解决。休息日她做饭，我打扫卫生。

我偶尔也会生出疑惑：明明结了婚，为什么加班晚归的时候，还得在便利店买盒饭带回家吃呢？但我从来没把这些不满说出口，由我做的家务，我也尽可能都做好。

这根本说不上是新婚生活。当我开口向妻子发问的时候，半年的时间已经过去了。拖延的理由说来让人有些难为情，我其实是害怕惹妻子生气，从而失去她。可我担心要是再拖下去，恐怕我们的关系就无法修复了，于是直接开口问她，到底有什么不满意的。

听到我的质问，她煞有介事地把脸一横，表情像个孩子。

"一结婚，你就变了啊。"

妻子说出了这么一句话。我简直不敢相信自己的耳朵。她是不是把"我"说成了"你"？

面对哑口无言的我，妻子又开口了："像你这种人，鱼儿一旦上了钩，就一口鱼食也不给喂了，还要片成三块吃掉。"

这女人，竟然理直气壮地说出这样的话来！

"结婚之前，你可是个绅士。吃饭你会预约餐厅，我说话你也用心听。你会预定好酒店的房间，一直抱着我到天亮。"

说完，她就咬着手指沉默下来。我同样沉默不语。仿佛只要说出一句话，感情就会一发不可收拾地爆发出来。

"知道了，知道了，对不起。下次休息咱们再去住那家酒店吧。在顶层的玻璃泳池里游游泳，吃完饭去那家夜景特别好看的酒吧喝喝酒。"如果我这样说，妻子也许会立刻绽放笑容。然而我什么也没有说。

什么"鱼儿上了钩，就片成三块吃掉"，胡说八道。上钩的鱼明明是我自己！

我一言不发地离开了家，第一次不跟她打招呼就在外面过了一夜。本想去那种按摩洗浴中心，可不管何时何地，我都是个胆小鬼，只是规规矩矩地在洗浴中心的桑拿房里寡淡无味地过了一晚。

我向公司里一位信赖的前辈抱怨这次吵架的事，他毫不迟疑地说："蠢到让人听都听不下去。你们俩都是已经成家的人了，就别这么小孩子气啦。"

我想，恐怕真是这样吧。

妻子才是小孩子。哪里有为了跟妻子做爱，每次都要按部就班营造气氛的男人。她连这一点都没有注意到。她恐怕觉得做爱这件事是对男人的褒奖吧。要在花了钱又耗费了时间之后，她才肯给予"赏赐"。

可一味责怪她一个人恐怕也有些过分。我最近工作繁忙，基本是回家吃完饭、泡个澡，顺便例行公事地跟妻子做个爱而已。我们之间的确连像样的对话都没有。

我也曾想过，要不要去举办婚礼的酒店住一晚？但自己摇摇头否决了。

如此娇惯她可不是好事。这不成了我一个人谨小慎微地苦心经营吗？两个人的工作都很辛苦，她也要有些体恤之心才是。我真应该给她点教训，让她知道自己的问题。

那就不跟妻子做爱了吧。

有一个月的时间，我没有碰妻子。

除此之外，我一如既往地生活，妻子一脸不可思议的表情看着我。这是妻子理想的生活。下班回来，夫妻俩并排坐着看看电视，然后干干净净地入睡。休息日把积攒的脏衣服洗干净，打扫完房间，一起出去买东西。之后一起吃妻子施展厨艺准备的晚餐，喝点啤酒或葡萄酒，聊聊这一周发生的事情。这时候我很想把她拥入怀中，却忍住了冲动。

当然，这样的行动持续两个月就差不多了。让妻子尝一尝"不被需要的寂寞之苦"就好。两个月后再向她求爱的话，连她这么难对付的人也会就范吧。

然而，事态的发展却微妙地偏离了我的预期。

妻子的眼神渐渐变了。

我发现，她那一直以来带着从容，仿佛下弦月般微弯的眼眸，不知从何时起总是求救似的望着我。

我们俩的被褥之间本来一直有三十厘米的间隔，每一天她的被褥会向着我的靠近一点。一步一步，妻子的被褥向着我逼近过来，最终两床被褥紧紧挨在了一起。

说实话，看到妻子这样的变化，我打心底感到开心。

从相识开始，很长很长的时间里，我都把她当作圣女一样崇拜，所以我总得靠着求取她的"许可"过活。弄脏了她昂贵的衣服，要请求她原谅我，请求她做我的朋友，请求她让我请她吃晚饭，请求她嫁给我、当我的人生伴侣。如此高高在上的她，第一次在求取我的"许可"。

要我和她做爱这个无声的信息，不仅从紧靠的被褥传达出来，她还说出了这样的话："和生了宝宝的朋友聊了聊天，我也想要孩子了。"

"和我做爱吧"这种话，她是绝不会从自己的嘴里说出来的。对她来说，这像亲吻恶魔的脚尖一样不堪。

她不可能说得出口，因为她一直高高在上，是将"许可"赐给别人的那一个。

可我就是想让她说出来。

我就是想让妻子说出"和我做爱吧"。

我想把高坐云端的女神搜到凡人居住的丑陋的地上来。

于是，我错过了停止这个充满孩子气的游戏的最佳时机。

一天，妻子突然辞职了。

早上，我一如往常地起床，却发现妻子穿着家居服悠闲地待在家里。平常这个时候，她应该穿着套装慌慌张张地在化妆。我问她今天是不是休息，妻子微微一笑，回答道："昨天我辞职了。"

我正打着领带的手停了下来。

"辞职？"

"是啊，从今天开始我要专心做家庭主妇，兢兢业业地干家务了。之前一直让你帮忙做家务，对不住啊。"

我说不出话来。

这实在太蠢了。我什么时候说过要你专心做家务啦？即便她跟我道了歉，还是叫我头疼。她没有了收入，只能靠我的工资生活。房贷都没有还完。怎么一句商量的话也没有就辞职了呢？想到这里，我不禁感到十分沮丧。

妻子开始反击了。我没有吭声，只是点点头。

"今后咱们可要节俭一点过日子了啊。"

我温柔地笑着说，心中想着，要是这时候发火的话就输了。

"知道。我其实很会持家的。"

妻子这么说着，笑了。面对这获胜后得意洋洋的笑脸，我的笑容凝固在了脸上。

我想，或许那个时候跟她道歉就好了。可马上就认输，实在太叫人窝火了。什么事情都按照她的意思发展怎么行？

妻子辞职后，首先开始改换家里的样子。她好像自己动手做了一块巨大的布艺拼花垫，铺在沙发上，又把干花和卡通布偶之类的装饰在屋子里。

我的剃须刀和恐怖小说被收到了不起眼的地方。黑帮电影的影碟和原本贴在家里的丰满女星的海报被扔掉了。

我想，那段时间妻子还没有怀着恶意来做这些事。她仅仅是想将屋里收拾整洁，显示自己是一个好妻子而已。

每天为我准备的晚餐，比订婚那段时间做的还要豪华，还要费工夫。家里总是一尘不染，浴室和厕所也擦洗得光亮如新。

她在拼命地扮演"好妻子"的角色。

对我而言，这真是沉重的负担。我本来觉得应该先由我做出让步，然而这沉重的负担出乎意料地让我性欲减退。不，准确地说是"对妻子的性欲"减退了。

她做的一切都无可挑剔。可不知怎的，我感觉对妻子的爱在冷却。

妻子用小狗一般亲昵的目光看着我。不经意间望向她的时候，她总是在看我。曾经那个挂着若无其事的表情、总以侧脸示人的她让我十分眷恋。在我的请求下，她才会缓缓地扭过头来，对我嫣然一笑。但那个她已经不复存在了。

从前，她洗完澡会穿好睡衣才走出浴室，现在却穿着黑色蕾丝内衣来开冰箱门。卧室里的梳妆台上放着不知从哪里买来的一打避孕套。如果是一年前，这些也许会令我高兴，可现在，一股厌恶感却堵在胸口，让我喘不过气来。我装作什么都没看见，打开了电视。早上起来，看到妻子红肿着双眼，我也装作不在意的样子出门去。

之后的一天晚上，我们钻进被窝，彼此都竖着耳朵，等待着对方的呼吸声变成熟睡的节奏。一个一如往常的夜晚。她忽然像是不经意地吐出一句：

"那身和服还在就好了。"

她自言自语似的说完，转过身背对着我。一时间，我没听懂这句话的意思。她在说什么？我一边纳闷，一边也转过身去。

这时我突然理解了她的意思。她第二天要去出席朋友的婚礼，在想明天穿什么衣服去。刚才她在镜子前把所有的裙子都在身上比了一遍。

那身和服，说的是被我洒上泡菜弄脏的那身振袖和服。可她已经是结了婚的人，也过了可以穿振袖和服的年龄。

她或许从来没有原谅过我。仅仅是为了惩罚犯了罪的人，而假装原谅对方而已。当对方得意忘形的时候，再翻出旧账当作王牌亮出来。她以为自己是谁！

我惊愕地在夜晚的黑暗中睁开了眼睛。

我真不愿相信，她的温柔善良不过是获取高人一等的优越感的手段。

那为什么她的口中会说出这么一句话来呢？

我是误打误撞，跌入了她隐藏在心底的自负的泥沼吗？真不愿见到这样的景象。我想看见的仅仅是她美丽的侧脸，却踏进了她内心深不见底的泥沼之中。

我闭上眼睛。夜晚的黑暗又加深了一层。

两个人表面上装作若无其事，彼此却压抑着真实的感情，这样的生活不知持续了多久。

一天，我上班时想从包里取出活页笔记本，却发现不在包里。不久前，也发生过本应放在包里的文库本和资料复印件消失踪影的情况。当时我以为是自己放错了地方，可夹着重要客户名单和资料的笔记本，我是绝不至于疏忽大意放错地方的。

虽然不愿意这样想，我还是怀疑是妻子干的。在家里有些令人不快的地方，我可以忍，然而一旦影响到工作，就让我为难了。

我一心想着要逼她说出实情，回到家里。妻子似乎比平常心情要好。看到难得早归的我，她摆出夸张的姿态兴高采烈地迎上来。

我一时气势矮了半截，一边盘算着什么时候开口，一边走进卧室换衣服。不经意间，瞥见垃圾桶里有我原本夹在活页笔记本里的名片，是很久以前上司带我去过的那家店的。

妻子并没有打算隐瞒自己做的坏事。像这样留下证据，就是要让我发现。

她愤怒了，对我愤怒得近乎憎恨。这是她表达憎恶的方式。

我无法再去质问她。我无能为力。我们表面上装作毫无问题地生活着，按捺不住感情的一方就是输家。如果我因为这件事斥责妻子，她一定会像终于等到时机那样，猛烈地回击我，一定会说："我到底做错了什么！"

对啊，祐实没有错。她充分履行了妻子的义务，对我这个做丈夫的尽职尽责。都是我的不是。如果我说出想分手之类的话，这套公寓和其他财产恐怕都要作为抚慰金被她夺走吧。

不，这已经发生了。我买下的这套房子已经按照妻子的喜好装饰起来，俨然是妻子的房子了。巨大的无力感向我袭来。

下午，我去了公司，慢腾腾地蹭到办公桌前，看见桌上有两张留言条。两张都是母亲的留言。她往我公司打了两次电话，而且还是在上午，一定是出了什么事。我赶紧给母亲回了电话。

"哎哟，你呀，干什么去啦？"

我像逃课的小学生那样劈头挨了一句母亲的训斥。

"怎么啦，出了什么事？"

"能出什么事啊。你今天不是一早就出门了吗？怎么会下午才到公司？你是不是在搞外遇？"

和母亲分开生活已经有十多年了，我们联络的次数屈指可数，她干吗非要这样说我不可？

"您这是在说什么呀？有什么事吗？"

"刚才祐实打电话来了。"

我真想把电话听筒放回去。

"啊？"

"她哭了，说不知道你在生什么气，对她冷冰冰的。她本来想要孩子，可你已经好几个月不和她同床了。"

母亲说这些话恐怕也挺难为情的，说到这里咳嗽了一下。

"她说了这样的话？"

"是啊。我也吓了一跳。一大早就叫我听到这样的事，还听到她在电话那头哭个不停。你们吵架了吗？"

"没有……"

"那就是祐实任性喽？"

"不是。她很好。我收入这么低，她也没说什么。"

"那就对她好一点嘛。这可是你高攀来的媳妇。还有，我不是不想抱孙子。祐实都说想要孩子了，赶快生一个不好吗？"

我含糊地回复了母亲。

"那么，要加油哦。"母亲爽朗地说完，就挂上了电话。

我握着听筒，出了好一会儿神。

当天，我没有去喝酒，早早回家了。

妻子没有一丝吃惊的神色，把准备好的晚饭端上桌来。她明知道我不回来，还每天准备晚饭。我本想瞄一眼盛味噌汤的锅里的情形，可想了想就作罢了。世上有些事情，还是不知道比较好。

给母亲打电话的事，她只字未提，只是笑眯眯地聊了几句附近邻居的事情，以及今天看的电视节目。

妻子接下来打算把今天这通电话里的事跟谁说呢？会向我的朋友或者自己的父母哭诉吗？我只能想到一个阻止她的手段，感到自己的手臂上起了鸡皮疙瘩。

吃完晚饭，我进了妻子准备好的浴室泡澡，泡澡剂是我喜欢的柚子味的。

我泡完出来，妻子接着进去泡。她仿佛很得意似的在我面前脱了衣服，像孩子般啪嗒啪嗒地踏着轻快的步子进了浴室。

她一进浴室，我就去翻垃圾桶。不出所料，我的定期乘车卡被剪得稀烂，扔在了垃圾桶里。我不得不补买半年的乘车卡。算了，还是暂时买票坐车吧。

我觉得口渴，于是打开了冰箱。里面摆着我喜爱的牌子的啤酒，而且还是瓶装的。从前我说过，比起听装啤酒，瓶装啤酒绝对要好喝得多。这句话她一直记着。

妻子穿着浴袍从浴室出来，看见我在喝啤酒，笑着说："我也喝一杯吧。"

看到这笑容，我鼻子深处感到一阵酸楚。我是爱着妻子的吧。这明明是自己的事情，却连自己也搞不清楚。

这天晚上，我们钻进了一直并排铺着的被窝里。

我苦恼了约莫一个小时。黑暗的卧室里只有时钟走动的嘀嗒声在回响。

我把右脚伸进了妻子的被褥，接着缓缓移动身体。妻子的双手紧紧抱着我的后背。我腾出手摸到了她睡衣的纽扣。

"别。我累了。"

妻子清清楚楚地说完这句话，便一扭头侧过身去。

我的手愣在那里，没有了去处。

我应该第三次向她下跪吗？

宝 贝

大家都叫我"大小姐"。

从小到大，家里的帮佣和司机都是带着亲昵的口吻这么叫我。父母的熟人们则是带着一丝虚伪这么叫我，学校里的朋友则明显是打趣我，有时是带着轻蔑之意这么称呼我。

丈夫有时候也会叫我"大小姐"。

这称呼里有一点羡慕，大部分是无奈，另外还有一点点爱意。或者，这只不过是我一厢情愿的想法。

"大小姐。"

听，丈夫又在叫我了。

丈夫光着身子，腰上围着浴巾，皱着眉头低头看着我。

"铃子小姐，有一事相问。"

丈夫低声说。每当他措辞很客气的时候，就表示他心情不好。

我轻轻点点头。

"浴室里有只毛蟹。"

"嗯嗯。"

"为什么咱们家的浴室里会有毛蟹呢？"

我坐在毯子上，抬头看着丈夫的脸。

"昨天，来了个快递……"

"一打开箱子，发现里面装着毛蟹？"

"嗯。"

"那干吗把它放进浴缸里去呢？"

"因为那是活毛蟹呀。"

丈夫立刻闭上眼睛，来回摇着头。

"我说，我觉得人家寄毛蟹来，可不是给你做宠物的。"

"我想也是。"

"什么'我想也是'！"

丈夫突然提高嗓门，一把捏住我的左脸。我一动不动地忍着。

"我说，铃子你再怎么是大小姐，毕竟也是做了主妇的人。'昨天收到了北海道的中村寄来的毛蟹，你出差不在家，所以我先煮好搁起来了。'难道一般人不该这么说吗？"

"嗯，话是这样说，不过……"

我用手捂着被捏过的脸。不过，那可是活螃蟹啊，要怎么杀死活生生的东西呢？我一边这么想，一边抬头盯着光着身子的丈夫。

"啊，好了好了。别这么一脸怨气啦。先给锅里和浴缸都烧上水吧。我来替你煮毛蟹。"

"不行。"

丈夫正要迈步走开，被我抓住了腰间围的浴巾。他一把按住差点掉下来的浴巾，遮住自己。

"干什么啊？"

"不能杀。"

"你不杀它，打算怎么办？"

"我都给它取好名字了。"

丈夫的肩膀猛然一沉。

"名字？"

"小知床。"

"那我问你，你打算喂什么来养活小知床？"

这一问让我哑口无言。螃蟹我吃过，可是螃蟹吃什么我却不知道。这时，我另一边的脸颊被狠狠捏了一下。

"哎，好疼——"

"让它那样活着才可怜呢。还不如行行好吃了它，这才是人类的责任。"

于是丈夫趁着我抽抽搭搭哭泣的当儿清理好浴室，用厨房的大锅烧好水，把小知床下了锅。

泡完澡喝着啤酒，把小知床吃下肚之后，丈夫心情大有好转，劝我也吃，可我怎么吃得下呢？我这样想着，只吃了一只蟹脚，却并不怎么好吃。我告诉了丈夫，他一边把啤酒往嘴里送，一边笑着说："怕是螃蟹的怨念在作祟吧？"

那天晚上，我做了噩梦，梦见被巨大的螃蟹怪袭击。

丈夫出差刚回来，三天之后又要出差。

大得过分的公寓里，只剩我一个人。然而这感觉没有什么不好，比和小知床单独相处要好多了。我这个"大小姐"一年前通过相亲结了婚。说是相亲，但我是不会拒绝别人的那种人。这桩婚姻是在见到对方之前，不，是见到照片之前就定下来的。

人们都把这样的婚姻称作"政治联姻"。

我父母是古董商。我十二岁生日时，收到的礼物是一枚古董戒指，在爸爸的店里好像是以七位数的价钱出售的。虽然叫作"店"，实际上并没有展示商品的空间，也不接待不熟悉的客人。妈妈虽是全职主妇，但她的工作主要是和老主顾的夫人们交际应酬，陪爸爸出席大型宴会。并不是妈妈偷懒，现实状况就是她几乎没有时间做家务、带孩子。

丈夫的父亲是某家财阀公司的老总，而这位老总的父亲，也就是会长先生，一直以来都是我家的老主顾。

爸爸无论如何也想和这个财阀成为亲戚，这样的心情我非常理解。如果我是个男孩的话，应该要继承父母的事业，但我却是个女孩，而且头脑又不太灵光。

将代代传承下来的事业拱手交给他人，实在是叫人痛心的事。交给外人还不如交给成为我丈夫的人来继承。我非常理解父亲的心情，对此并不反感，也觉得这是我唯一能尽的孝道了。

因此我结婚了，和一个虽然不太了解，但好像是某位赫赫有名的财阀的孙子的人结婚了，也就是当下所谓的政治联姻。

这样的事情说起来似乎很了不起，实际上却没有什么了不起的地方。

我丈夫排行老四，公公隐退之前，他还和从前一样在商社工作。他很讨厌自己家里那种讲究排场的活动，不喜欢参加，也对我说可以不用去。实际上，不出席好像也没什么大问题。

因此，我不过是一个稍微有点钱的家庭主妇罢了。丈夫工作很忙，几乎不在家吃饭。我要做的事情也就是打扫卫生，以及生孩子而已。

这样想着，忽然后背一颤。还是不要胡思乱想了吧。

我是在升入女子学校高中部的那个春天订婚的。

"铃子，你的夫婿定了，将来你会和这个人结婚。"母亲带着一丝悲伤的神色，对我说道。

不可思议的是，我没有反对。是亲戚家的姐姐们一个个都是经由相亲走进婚姻的缘故吗？我十六岁的时候，就仿佛看见了自己人生的终章。

我会和陌生人结婚。这是爸爸妈妈精心为我挑选的牌，一切都会顺利地进行，大家都会幸福的。爸爸妈妈一定不会把我许配给一个糟老头子，或者有恋母情结的傻儿子之类。他们那么爱我，发给我的必定是好牌。一定是能给爸爸妈妈，以及全公司的人带来好运的好牌。

　　因此，同龄女孩们怀有的关于结婚的梦想，我一点儿也没有。这场婚姻是让我深爱的父母以及他们的员工免除不安、好好生活的手段。结婚对象只要是有鼻子有眼有常识的人，是谁都无所谓。

　　但我有种受骗上当的感觉。这场婚姻本应纯粹是政治和经济上的契约而已。可对方却不是纸牌，而是有血有肉的人。

　　星期天，丈夫一整天都待在家里，这实在少见。

　　我靠在沙发上，丈夫庞大的身躯横躺在沙发上，头枕着我的膝盖。午后的阳光照在绒毯上，泛着淡淡的光。他闭着眼睛放松地躺着，棉衬衣下的胸口微微上下起伏。

　　我悄悄地摸着丈夫额头的发丝，他并没有睁开眼睛。

　　这真是不可思议。我轻轻地吐了一口气。

　　我从没料想过婚姻生活里竟会有如此的安宁。这个守护我的男人，休息日里在我膝头像孩子一样发出安睡的呼吸声，竟然能勾起我如此甜蜜的心情，这也是我未曾想到的。从来没有人告诉我这些事。

"晚饭去哪儿吃啊？"

还以为他睡着了，他却突然小声说了一句。我慌忙把手从他头发上拿开。

"去哪儿呢……我做吧。"

"行啦，铃子你不是讨厌做饭吗？"

丈夫闭着眼睛，喉咙里发出呵呵呵的笑声。

"至少你在家的时候，我能做顿饭吧，不然我不就没有存在的意义了吗？"

"存在的意义啊。"

丈夫躺着转了个身，搂住我的腰。

"好软啊。女人就是柔软。"

"最近体重又增加了一点儿。"

"再增加些也行啊。只要柔柔的、软软的，就有存在的意义。有的女人瘦巴巴的，瘦巴巴的女人可不是我的菜。"

他把脸埋在我的肚子上，一边笑一边说。我不知该怎么回应，只是抚摸着他的背。我知道这并不是恭维，也不是玩笑。他会直接说出这种话来。

第一次见到他，当然是在相亲的宴席上。他本人比照片上的样子高大得多，肩宽体阔，背脊挺拔。他比我大十岁，原本以为他更像个"大叔"，看起来却显得很年轻。

双方的家长离席让我们两人独处的时候，他直截了当地对我说："我知道你无法拒绝这次相亲，我也没有拒绝的理由，所以我们会结婚。"

我们在宽广的酒店刻意营造的日式庭园里并肩散步的时候，他这样说。我只是低头看着自己木屐的鞋头。

"结婚就是契约。"

听他说出这句话，我停住了脚步，抬头望着他，他的目光很温和。

我会一辈子爱护你。既然订立了契约，便不会毁约。即便不情愿，今后也要两个人生活在一起，那就相亲相爱地走下去吧。

他既不怯懦，也毫不腼腆羞涩，说出了这番话。

说实话，我当时非常迷惑。我们的婚姻是为了彼此家庭的利益而订立的契约，这是我一开始就明白的。可我从没想到竟然还会得到"爱"。

从蕾丝窗帘透过来的光变成了橙色。得准备晚饭了。我厨艺不精，最少也得花两个小时。

"我得淘米去了。"

我戳戳丈夫的肩膀让他起来。他仿佛很扫兴地起身，从我怀里离开，拿起一本经济杂志读了起来，刚才黏人的样子就像是骗局一样。

我走进厨房，围上围裙，叹了口气打开米柜。今天的菜是从超市买的速冻炸丸子和炸虾。我想再做一个菠菜熏肉沙拉。对于喜爱烹调的人而言，这些菜可能过于简单了，可对我这样明明不愿做饭却又不得不做的人来说，真是麻烦透了。

也罢，这就是婚姻生活啊。我只得开始淘米，这时门铃忽然响了。我急急忙忙擦干手要去开门，正在看杂志的丈夫拦住我，自己去了门铃对讲机旁。

"您好，一直以来承蒙您关照了。"他客套地说完，看着我说："是邻居。"

"哟，是什么事呀？"

"说是有东西要给我们。我去看看。"

丈夫说着出了起居室。我原以为男人一般都不愿意和邻居接触，着实有些惊讶。又知道了他不同的一面，我不由得微笑起来。

门口传来丈夫跟什么人说话的声音。怎么听都像是男性的声音。本以为来的是一位太太，没想到好像是一位先生，所以丈夫才主动出去的吧。

"铃子，铃子。"

关门声响起，听见丈夫透着欣喜的足音一路进到厨房里来。

怎么了？我一回头，猛然看到一条湿漉漉的大鱼。亮闪闪的银色鱼鳞，滴溜圆的眼珠，鱼就倒吊在我的眼前。

我不由得"啊——"地大叫一声，跳到厨房的角落里去。丈夫吓了一跳，把鱼掉在了地上。鱼儿在吓得浑身瘫软的我面前绷着身子打挺。

"这是干吗啊，反应这么激烈？"

丈夫像螃蟹事件的时候一样，皱起眉头低头看着我。

"可、可、可是……"

"是邻居家的先生钓回来的……"

"不行，这个，我不知道该怎么办。"

"我说……"

"可是、可是，它就要死了啊。"

我紧张得牙齿都合不拢，拼命挤出这么一句话。丈夫抚着额头叹了口气，说：

"上回收到螃蟹的时候，你可是说因为那是活的，所以不行。"

我连点头的力气也没有了，只是抬头怔怔地盯着他的脸。

"我没说让你把鱼切成三块，我才不会要求那么高呢。"

我总算点了点头。

"可是，叫我说，你是不是有点太夸张啦。"

丈夫把掉在地上的鱼拾了起来。

"那边的熏肉、裹了料的虾，以前可都是活的。这家伙如果变成切好的鱼段出现在你面前，就没事了吧？"

丈夫打开了放在厨房角落里的大垃圾桶的盖子。

"这样说可能有点过分，但是从这一点就能看出来，你实在是太不谙世事了。食物从哪里来，又是如何来到餐桌上的？存折里的钱是谁怎样赚来存进去的？你每天为什么会生活在这里？"

丈夫把鱼扔进了垃圾桶里。

"想一想吧。你已经不是大小姐了，是一位妻子啊。"

丈夫面无表情地从衣柜里取出外衣披上，出门去了。我还是坐在地上一动不动，目送着他冷酷的背影离开。

过了两个小时，丈夫回来了，看着无力地坐在厨房地板上的我，道歉说："话说重了，抱歉。"我只是摇头。

为了言归于好，丈夫约我出去兜风，于是两个人一起出了门。晚饭是在海边的一家餐厅吃的。我没有一点食欲，但还是耐着性子吃了点沙拉。

那天晚上，丈夫和我做爱了。他大概两周和我做一次爱。对于新婚夫妇来说也许算少，可我们是相亲结婚的，或许这个样子也不奇怪。

丈夫很温柔。我没有和其他男人肌肤相亲的经验，没办法比较，即便这样，也觉得丈夫对我非常温柔。完事后他不会马上转过身去呼呼大睡，总是久久地让我枕着他的手臂，抚摸我的头发。

"不知孩子来了没有。"

在被子里，我们依偎在一起的时候，他嘟囔着说。我没有回答，只是微微地笑了。

"你想要男孩还是女孩？"丈夫问我。

"都一样。"

"哦，那我们就男孩女孩都要吧。"

丈夫看了看枕边的闹钟，把手臂从我的头下面抽了出来，下床穿上睡衣，说了声晚安就闭上了眼睛。

丈夫发出熟睡的呼吸声。我下了床，光着身子站着，低头看着丈夫熟睡的脸。

两周一次，仿佛签字画押后完成任务一般的性爱。不多不少刚刚好的后戏。这如果不是义务的话，是什么呢？如果生下了儿子和女儿，他会觉得尽到了应尽的义务吧。

我说"都一样"，其实是"都一样不需要"的意思，丈夫却没发现。

而且，自己睡觉的样子像这样被妻子看着，他估计也一辈子都不会发现。

结婚以来，我的食欲渐渐减退了。不，准确地说，不是没有食欲，而是没有正儿八经地吃饭的心情。原本就不怎么喜欢吃肉和鱼，最近更不想吃。

现在我的饮食生活更是惨淡。丈夫不在的时候，我的主食基本上是薯条、蛋糕卷和仙贝，会发胖也是自然的事。

从前丈夫在家的时候，我还觉得有义务准备饭菜。可最近超市里成排的鲑鱼段，在我看起来已不再是食物，不过是动物的尸体，令人反胃。比起勉勉强强地做饭，恐怕去餐厅会让丈夫心情更好一些。

那天，我一边吃着"虎屋"的蒸羊羹，一边看午间电视剧。

电话铃响了，我磨磨蹭蹭地起身，拿起了听筒。最近我不管做什么事都提不起劲，麻利不起来。

"铃子，我奶奶病危了。"

是丈夫的声音。突然听见这样的消息，我一时说不出话。

"刚才哥哥来电话，说已经送进堺纪念医院了，你能赶紧过去吗？我也马上就去。"

丈夫的声音很冷静，我却已经慌了神。

"病……病危……"

"说病危那就是病危了啊。以前犯过心肌梗塞，这次恐怕不行了。反正先过去吧。我的手机号知道吗？"

"……嗯，嗯。"

"我马上就赶过去。要是人去世了，就打电话给我。"

丈夫说完就挂了电话。我拿着听筒呆立不动。

那家医院离我家步行只有五分钟的距离，无论如何也逃不掉。病倒的是我丈夫的祖母，我又是他们家的媳妇，在这种时候赶过去是天经地义的。

即便如此，我还是不慌不忙地准备出门。我暗自祈祷，有那么多的亲戚，尽量多来几个人，我就什么也不用做了。

然而我的祈祷没能如愿，到达病房的时候，床边只站着两个人。一位是丈夫兄长的妻子，她正握着病床上老妇人的手，另一位是护士。

"铃子。"这位嫂嫂一见到我，仿佛松了一口气似的，"对不起，你能不能替我一下？我得跟家里打个电话。"

"啊？"

"公公婆婆正在跟大夫说话。我把孩子扔在家里就赶过来了，不打个电话不放心。"

"可，可是……"

"我马上就回来，拜托啦。"

嫂嫂说完便站起身来，毫不迟疑地出了病房。我不知所措地低头看着老妇人。护士刚才还在看心电图之类的，这时露出诧异的表情。可我还是动不了。

老妇人身上插着管子，仿佛死了一样躺着。红褐色的皮肤上显露出难看的斑点。她手脚干瘦，白发稀薄，看得到底下粗糙的头皮。我只听说情况非常糟糕，可不知道成了这副模样。我只在婚礼的时候见过她一次，当时的她更丰腴一些，头发也是浓密的银发。虽然看上去不算健康，但还是一位有风韵的老妇人。而那个人正在我眼前一点点枯朽下去，即将成为一具尸体。

"请握着她的手。"

护士用平淡的声音说。我吓了一跳，可还是走到床边的椅子那儿坐下。

一靠近她，就闻到了异样的气味。我喉咙干得冒烟，膝盖发软。我倒吸了一口气，去触碰没有扎点滴的那只手。那仿佛只剩皮包骨的手却出乎意料地温暖。

啊啊，这个人还活着。我正这么想的时候，老妇人忽然睁开了眼睛，和我四目相对。

我发出了让自己都吃惊的声音，从椅子上跳起来想逃跑，却绊倒在地上。好可怕。我不知道自己在害怕什么，只是没来由地一个劲儿感到可怕。

我用双手捂住耳朵，蜷着身子蹲在地上，护士再三问我："怎么啦？没事吧？"我只是不住地发抖。

之后的事情我不太记得了，好像被带到了别的房间里，注射药物后就失去了知觉。睁开眼的时候，我已经在家里的床上了。

一时间不知道自己为什么会穿着外衣躺在床上。卧室的灯关了，只有床边的落地灯昏暗地亮着。这时，卧室的门开了。看见进来的是丈夫，我忽然想起今天的事情。

"感觉怎么样？"丈夫问道，脸上没有一点笑意。

"没事……"

他穿着白衬衣，系着领带，一边松开领带一边深深吐气，在靠墙的沙发上坐下来。

"奶奶她……"丈夫带着倦意看着我，"已经去世了。"

我一句话也说不出来。

"虽然去世了，也算可以了，都九十三岁了，算是寿终正寝。守夜的日子是明天。"

我僵硬地点点头。

"你为什么要发出惨叫？"

丈夫用仿佛很悲伤的眼神看着我。这神色与其说是失望，不如说是近乎轻蔑。

"我听护士说的，说你甩开奶奶的手大声惨叫？难道你以为奶奶是僵尸吗？"

"不是……"

"什么不是。螃蟹和鱼之类的，可以当作笑话算了，可对自己的亲人怎么能那样做呢？你就不能体贴一点吗？"

我用两只手捂着脸，让自己不要哭出声，可呜咽声还是肆意地涌上来。哭了一阵，床吱吱嘎嘎地晃起来。我感觉到丈夫在我身旁坐下了。他用双手托着我的头，说："我可不光是为了奶奶的事情生气。"

什么东西被啪地扔在我的膝盖那儿。我抬起脸，看见一个白色的药袋。袋子上写着我的名字。

"我在厨房的桌子上看见的，这是避孕药吧？"

对了，吃午饭的时候正打算吃药，就接到了丈夫打来的电话。

本来一直藏得很好，慌慌张张地忘记收起来了。

"不想要孩子的话，说不想要不就行了？为什么要偷偷摸摸地吃避孕药？"

他自言自语地说："我不懂你，铃子。"然后缓缓起身向门边走去。我对着他的背影说：

"你是真的想要孩子吗？"

丈夫忽然转过身来。

"你要是肯说'不要'，我也可以生的。"

"干吗老说这样莫名其妙的话？"

丢下这句话，他就出门去了。关门的声音冷冰冰地在卧室里回响。

祖母的葬礼很隆重。葬礼在租借的巨大的殡仪场举行，有不计其数的客人前来致哀。我似乎随时都可能倒下去，不得不强打精神，努力扮演着"孙媳"的角色。

可能是得益于我的努力，和每一次吵架的结局一样，丈夫和我又言归于好了。

他很爱惜我。只要我充分领会妻子的立场，承担相应的责任和义务，丈夫就会爱惜我。

祖母葬礼上一连串的仪式结束之后，生活又回到原来的样子。丈夫仍然在国内外不断地出差，我除了无聊地等待，就是吃完甜点在沙发上打瞌睡。

然而有一天，我很难得地出了一趟远门。其实也只是坐一个小时电车，去了城郊的街区。

我按照抄下来的地址，走进一片住宅区。似乎有些年月的街区有很多蜿蜒逶迤的小路，门牌标识并不清晰，问了三次路才找到那儿。

那个人的家不是在公寓楼里，而是在陈旧的木造公寓一层的最深处。门上没有门铃，我敲了敲门。里面传来一个女人明朗的声音："来啦。"门开了，女人露出脸来。

她看看我，表情仿佛在问我是谁。她下巴尖细，脖子细得似乎要折断一样，但是有一双意志坚定、炯炯有神的眼睛。

"我姓向井。"

我说完，她嘴角浮起的笑容瞬间凝固了。我们对视了半晌。我正想接下来恐怕要吃闭门羹，她忽然莞尔一笑，道了一声"请进"，把我让进屋里。

我被引到厨房的桌边坐下。餐桌上铺着廉价的塑料桌布，煤气灶和放在灶上的锅都满是油污。招待我的红茶杯上沾着茶垢，银茶匙也脏兮兮的毫无光泽。厨房那头的和式房间里，堆满了孩子的玩具，一个两岁左右的孩子靠在坐垫上睡着了。

我默默地喝茶。她也坐在我对面的位子上喝茶。

"您想说什么就说吧。我有心理准备。"

她突然开口说。我抬起头，丈夫口中不喜欢的瘦巴巴的女人正看着我。

她是丈夫的情人。不，她是丈夫和我认识之前的恋人。我才是后来插足的那个人，因此称她为"情人"，总觉得有些不对劲。

结婚之后，我很快就发现丈夫有别的女人。是从白衬衫扣子的钉法发现的，那和我的钉法完全不一样，明显是别人重新钉过的。如果是西装外套的话还好，白衬衫的扣子是不可能让毫无关系的女人——比如公司的女孩帮忙钉的。钉扣子的人是在向我宣告她的存在。如果想隐藏自己的话，就不会做这样的事情。

通过信用调查所①一调查就知道了：丈夫从前就有恋人，和我结婚后也一直保持着关系。两人之间有一个孩子。丈夫每月给她生活费。

于是，我又必须承认一件不想承认的事：我的父母当然也知道这个情况。和我结婚的男人，他们不可能不调查他的底细。即便他有情人，父母也以某种手段确认了他会一辈子把我当正妻对待，因此什么也没有告诉我，就把我嫁给了他。

我再次环视房子里的情形。他也来过这里吧。他明明有的是钱，难道是面前这个女人希望住在这样的房子里？

---

①秘密调查个人或企业的信用与财产等，并向委托人提交报告的民间机构。

"我有事想问您。"

她点点头"嗯"了一声，严肃地挺直背脊，一点也没有流露出卑屈之态。

"我很害怕生孩子。您不害怕吗？"

听到这样的问题，她显得有些迷惑。

"这个嘛，我没有结婚，不安还是有的。"

说完，她回头看看在熟睡中发出健康的呼吸声的孩子。

"世上的事，只要走下去，就总会有办法的。"

她说完，脸上泛起了微笑。

真是这样吗？真的会有办法吗？

我之前都在做些什么啊。将和父母认定的男人结婚当作自己的任务，却无论如何都无法履行生孩子的义务。

我害怕活的东西，害怕活下去，害怕在枯朽中死去，也害怕人类只是一种动物的事实。

她一定什么都不害怕吧，无论是活的螃蟹还是死的鱼，当然还有逐渐走向死亡的老人。无论是失去他，还是将自己的生命传递给腹中的孩子，然后死去，她都当作天经地义的事情来接受吧。

我已经不再吃避孕药了。我知道再不停药的话，就要失去丈夫了。于是我很快就怀孕了。

我还没有隆起的腹中，确实孕育着一个生命，可是我始终无法产生爱怜的感觉。这明明是我爱的男人的孩子。腹中这个不同于我的生命正在一刻不停地长大，发出"噗噗"的声音。这让我从心底感到恐怖。不管是因为契约还是什么别的东西，雌性就是这样受孕产下孩子的。动物存在的意义仅此而已。

然而，我无论如何也不愿承认这一点。我不是制造孩子的机器，不想为了义务而生孩子。

仔细想想，这样的事我一开始就知道了。我的罪过，就是从出生开始便抗拒思考，进而把一切罪过都推给别人，所以现在不得不还欠下来的债。

"没事吧？"她问沉默不语的我。

我勉强挤出了笑容。

我想，勉强自己是只有人类才会做的事。动物是绝对不会勉强的，也不会勉强自己生孩子。

下辈子，我真想转生为螃蟹或鱼。

鸳 鸯

哥哥两口子特别恩爱。

认识他们的人都这么说。他们俩实在是人见人羡，真没见过像他们这样恩爱的夫妻。男人们基本上都会毫不掩饰地说："我也想娶那样的妻子。"而女人们会半是带着嫉妒地说："我也想要那样的老公。"

我不是不明白人们这样说的理由，自己也曾经有过同样的想法。但是长我四岁的亲哥哥和长我三岁的嫂嫂这对恩爱夫妻，我实在无法大加赞赏。也许是在像我这样朝三暮四的女人面前显摆我无福消受的幸福，我反而不愿买账吧。也许是吃不到葡萄，只好干瞪眼赌气，说葡萄是酸的吧。

但是，他们俩越是无可挑剔，越是幸福美满，我这个乖张叛逆的妹妹就越发为他们感到痛心。

要是知道我有这样的想法，他们俩一定会惊讶得目瞪口呆，一定会因为"让妹妹痛心"而露出怜悯的表情。

你看，和泉嫂子就是带着这样的表情看着我的。

"真实妹妹，你不必介意，在家多待一段时间再回去上班也没关系。"

其实我本来也没怎么介意，即便她不说，我也打算暂且在她家白吃白住。然而我还是假装乖巧地点了点头。

"不过，现在的孩子可真了不得。"

和泉嫂子夸张地叹着气说。我只不过比她小三岁而已，怎么就成了"现在的孩子"呢？还是因为她已经告别恋爱了，所以把我这样因为恋爱弄得天下大乱的女人都看作孩子？

"还说什么因为不能放弃真实妹妹，才做出这样的事情，不搭理他，就要提着菜刀闯上门来。你报警没有？"

"没有，还不至于要报警。"

"不知道这种人会干出什么事来，还是跟警察说清楚比较好。不过你选择交往对象的时候也要慎重一些才好啊。搞成这个样子，真是太可怕啦。"

和泉嫂子夸张地表示害怕，我自己却不怎么担忧，只不过是怕麻烦才逃到这里来的。

上个星期，我跟前男友提出了分手。倒不是不喜欢他了，只是已经交往了一年半，我正担心快要没有新鲜感的时候，果然喜欢上了别的男人。我只要移情别恋有了新的对象，就连旧情人的手也不愿意牵了。

可要是这样实话实说，对方肯定会生气，我只好说"我要相亲结婚了"，这种谎明显会不攻自破。于是那家伙扔下"你给我记着"这句话就走了，第二天便不断有无声的骚扰电话打到我家。

不仅如此，他还在我家附近的电线杆和墙壁上用喷漆写我的坏话（婊子、贱货、淫妇等），夜里冲到我家门口猛砸我的房门（当然我没有开门），闹得鸡犬不宁。当时保安来把他轰走了，可第二天他又到我下班回家路上的电车换乘口截我。他的眼神总有点不对头，连一向天不怕地不怕的我也吓得想逃跑。

我和哥哥从小关系就好，他们的房子又很大，只有夫妇两个人住。到还没有小孩的哥嫂家去寄宿是最合适的选择。

"只要我离家一段时间，那家伙就会放弃的。实在抱歉，要打扰你们一段时间啦。"

我先像模像样地把客套话说了。和泉嫂子摇摇头，说：

"你千万不要客气。屋子反正空着，家里一直只有我和诚一两个人住，刚好到了倦怠期。偶尔能来个人，正是求之不得呢。"

真是会做人的女人啊。根本就没有什么倦怠期，不过是为了照顾我的情绪才这么说。这时，门铃响了。

"啊，回来啦。"

和泉嫂子立刻绽开笑容，起身向门口走去。

"哟——真实，活着来了啊？"

哥哥红光满面地出现在起居室里，可能是喝了点酒才回来。我已经在电话里把情况告诉了他。

"哥，好久不见，这一阵子要打扰你们了。"

"你这家伙，真没办法。交往的男人是什么样的人，你都不知道吗？"

"一开始是个温柔善良的好人。"

"选男人真没有眼光。跟你和泉嫂子学学怎么选男人吧。"

哥哥这么说着，温柔地拍了拍妻子的肩膀。

"讨厌，这是在夸自己是好男人吗？"

嫂子眯起眼睛，轻声笑了。

"对啊对啊。双方都有眼光的话，就什么问题也没有了。"

"就是。诚一哥哥选女人可真是有眼光啊。"

我现在要不是寄人篱下，一定会把屁股底下蓬松的坐垫朝两人扔过去。这样肉麻的对话怎么说得出口？难不成是对我这个小姑子不高兴，故意在演戏吗？

"今天有点累了，对不起，我去睡了。"

我朝着这两个卿卿我我互相戳肩膀的人，冷冷地说。

"哎呀，真实妹妹，我本来还想一起喝杯酒呢。"

"不好意思，我头有点儿疼。"

"哎呀，糟糕。没事吧？要吃点儿药吗？"

"不了。先睡一觉吧。实在是不好意思。"

我唯唯诺诺地低着头，上楼到分给我住的客房里去了，心想，终于不用再看你们你侬我侬了。

哥嫂结婚已经五年了。虽然一年只和他们见两次面，两人的关系看起来依然像新婚的时候一样恩爱。

一开始，我还以为他们是在我面前装模作样而已，可住到他们家后一周的时间里，都没见他们俩吵过嘴。我从没见过他们抱怨对方。有什么要求的时候也总是客客气气，"能不能帮我换个频道？""我叠洗好的衣服的时候，你能帮忙打扫一下浴室吗？"这种像面向外国人的日语会话讲座一样的话，他们竟然会正儿八经地说出口来。

我活到二十五岁，恋爱的次数应该多于平均水平。即便时间短暂，也和恋人在一个屋檐下生活过。他们俩的生活在我看来简直是奇迹。

无论多么温存的男人，一旦开始恋爱关系，过了一段时间就会原形毕露。对我回家的时间和交友关系横加指责，肆无忌惮地在我面前放屁，原本会好好听我讲话的人，到后来却左耳进右耳出。也有的人只有做爱这一个目的，只要可以做爱，别的事情都无所谓。

但我并不觉得这是坏事。我也是一开始装得很有女人味，渐渐了解彼此的脾气后，也会当着男友的面挖鼻孔；懒得做菜的时候便把从附近买来的东西端上桌；比起与恋人谈心，更看重电视剧的大结局。即便发生小小的争执，只要相拥着睡一晚，无论多么严重的争吵都会缓和下来。我想，这种亲密的"同谋关系"正是恋爱真正的乐趣所在。

这些事在哥哥夫妇之间是看不到的。和他们见面总是在新年、亲戚聚会以及购买公寓的纪念日，所以总是见到和泉嫂子在干脆麻利地干活儿，开些可爱的玩笑逗人发笑，无论是作为媳妇还是一个女人都无可挑剔。哥哥也扮演着好青年的角色。我以为这些都只是节庆场合的表现而已，平常也会吵吵闹闹，说些任性的话。

然而我错了。他们俩即便是单独相处的时候也是这样。我也觉得偷听不太好，然而还是不由得竖起耳朵偷听他们的对话。进浴室泡澡的时候，在阳台上抽烟的时候（他们家里是禁烟的），打过招呼进客房之后，我便像一个想偷听父母对话而装睡的孩子一样竖起耳朵。

然而，他们的确一直是恩恩爱爱的样子。

周末的早晨，我在客人用的羽绒被中醒来，听到隔扇那边传来两人的对话声。

只有两个人的时候，他们也是彼此关照着对方，用彬彬有礼的话温和地聊天。像"因为有你，所以很幸福"这样听得人起鸡皮疙瘩的话，也能平心静气地说出口。

"怪死啦！"我不由得自言自语。

幸福的人才不会把自己有多幸福这种话挂在嘴边呢，不是吗？性格乖张的我这样想。我感觉这两个人不经常确认彼此的爱就无法安心，也就是说其实并不信任彼此。

"真实妹妹，起床了吗？"隔扇外突然传来和泉嫂子的声音。

"哎、哎哎，刚起。"

我刚回答完，她就拉开隔扇露出半张脸来。

"嗨，今天有什么安排吗？"

"没，没什么特别……"

"陪我出去买点东西好吗？今晚家里要来客人。"

"嗯，嗯嗯，当然。"

"好。诚一啊，我和真实妹妹去买东西，家里的卫生拜托你啦。"

她回过头，似乎很愉快地对哥哥说。没办法，我只好从被子里爬出来。虽然不情愿，可是白住在人家家里，陪着买个东西都不行的话，也说不过去。

和泉不会开车，我就开着哥哥的车带她去了靠填海造陆建起来的大型购物中心。

她好像已经列了清单，只见她一边看着单子一边熟练地往购物车里放东西。我一般都是在外面吃饭，要不就是靠便利店买的饭菜解决。面对如此巨大的超市，我只能茫然地呆望。可能是周末的缘故，带孩子来的人很多。到处是呵斥乱跑的小孩的母亲，以及堆得满眼都是的食品和日用品。扑面而来的生活气息几乎让我感到眩晕。

　　这就是所谓的幸福或者平和吧。我既没有抵触也没有向往，只是直截了当地体会到了这种感觉。决定和一个男人相守一辈子，生孩子，建立家庭，然后每个周末去购买家庭生活需要的食材，像冬季蛰居前的松鼠一样将食物塞满冰箱。说这是天道自然也好，是最简单的生存手段也罢，看来我是无论如何也无福消受的。比起周末去超市，我更愿意和某个并不固定的男性去看场电影、吃顿饭。没有对象的时候，就点外卖披萨，悠闲自在地睡懒觉。平常不怎么觉得，在这个时候，我才深深领悟到自己是少数派。

　　买完东西，和泉提议说既然来了，去喝杯咖啡吧。购物中心顶层的露天咖啡厅里人头攒动。她瞥见正在吵闹的孩子，于是快步向吸烟区走去。那里有好几个等待妻儿购物的父亲在一脸茫然地吞云吐雾。

　　我想她是为了照顾我这个抽烟的人，于是说："去禁烟区也行啊。你看，靠窗的座位正好空着。"

　　"没事，我也想抽一支。"

"咦？"

"唯独烟这东西戒不掉，诚一不在的时候，我才像高中生似的偷偷抽一抽。"

和泉开玩笑似的笑着说。她在丈夫面前也是有秘密的啊。知道了这一点，我有些吃惊，也对她有了亲近之感。

"哥哥讨厌吸烟的女人嘛。我也被他数落得很惨。"

"就是。但是接吻的时候会露馅，所以抽完烟就猛嚼口香糖，像有毛病一样。"

这种时候还忘不了炫耀恩爱，我佩服地露出苦笑。她的长相有些异域风情，体形、脸型和手指都很修长，长得很有味道，抽烟的样子也自成一幅画。再穿上雅致的衣服，好好化化妆，肯定十分漂亮。

我这个人想法虽多，但并不厌恶这位嫂子。她温柔善良，会照顾人，又顾家，实在是一位理想的妻子。可这是她真实的样子吗？听说和哥哥结婚前，她在一家贸易公司工作，去海外出差的机会也很多。原本这样活跃的人，又没有孩子，却做着家庭主妇，是不是为了迁就哥哥才勉强自己过居家生活呢？

"和泉嫂子，你是有什么事情在忍耐吗？"

我不经意地问了一句，她吃了一惊，看着我。

"为什么这样问？我并没有在忍耐什么啊。"

"可是，你不就是因为哥哥不喜欢，才不在家里抽烟吗？"

她慢慢地把烟雾吐出来。

"那和忍耐可不一样。有人和你一起生活的时候，互相谦让一下也是必要的。诚一本来也喜欢打游戏，喜欢一边看棒球一边喝酒，因为我不喜欢，他也戒掉了。"

"是真的吗？"

她温柔地微笑着点点头。我不由得叹了口气。

"原来是这样——没准是因为这个，我的恋爱才没法持久。"

和泉歪着头看着我。

"我不会因为任何事、任何人的缘故去忍让。我和之前的对象同居了差不多一年，做饭只做自己想吃的东西，看电视也只看自己想看的节目。男友只是嫌我回家太晚，说牙膏不要从中间挤，要从尾部开始规规矩矩地挤。不过是这样，我就忍不住想，怎么能和这家伙一起生活下去呢！"

听了这番话，她仿佛很开心似的笑出声来。

"和泉嫂子，为什么你们俩会这么恩爱呢？就没有生气的时候吗？"

听到我的问题，她摁熄了烟头，小口喝着牛奶咖啡，露出思考的模样。

"因为我父母离婚了。"她带着几分伤感笑着说，"小时候，我只见过父母不停争吵的样子。夫妇吵架跟和外人吵架不同，绝对不能说的话也会脱口而出，太伤人了。我都无法相信这两个人从前相爱过，还结婚生下了我。"

我默不作声地盯着她修剪得整整齐齐的手指甲。

"平平凡凡、微不足道地过日子也好，我想有一个幸福的家庭，想和一个不会大发雷霆、温柔善良的男人一起生活。诚一是我遇见的人里最和善的。"

她所讲的经历在我的预料之中，但我听了却没有一丝感动，不禁感觉很抱歉。

因为有几个朋友会来玩，哥哥与和泉两人一团和气地准备包饺子。厨房里，两个人围着同款的围裙，满脸愉快地干活儿，我假装在看电视，却望着他们俩。要是再生个孩子就完美了。他们期望的"平平凡凡、微不足道的家庭"的梦想就能实现了。当然，他们一结婚好像就想要孩子。母亲在电话里告诉我："不知怎的，就是怀不上。好像也因为不孕的事情在接受治疗，这个话题可千万别碰啊。"母亲事先给我敲了警钟。

哥哥显得很快乐。那样的表情是小时候绝对没有的。

刚才和泉的身世岂止没有引起我的同情，反而令我有点不愉快，因为我的父母关系也不好。

父亲玩心很重，倒不是品行有多么恶劣，但外面常常有好几个女人，总是问题不断。还是小孩子的时候，我心里就在想，要搞外遇，为什么不能藏得好一点呢？每次父亲相好的人打电话或者寄信来，父母就会一次又一次激烈地争吵。母亲总是占理的一方，听着她咄咄逼人、歇斯底里的声音，实在叫人难受。现在父亲早已失去了搞外遇的精力和青春，两个人一起过着平淡的生活。我想这不过是对彼此都有利的权宜之计罢了。父亲需要有个女人料理自己身边的琐事，而母亲到了这把年纪，已经没有独自生活的力量和勇气了。

诚一和真实，我们俩的名字就像是一种讽刺。这明明是一个充斥着谎言的家庭。

相对来说，我对父亲的憎恨少一些，而哥哥对父亲有强烈的恨意。证据就是偶尔与父母见面时，哥哥总是用敬语对父亲说话。外人听来是极有礼貌的用语，我却能听出无以复加的冷淡态度。

因此哥哥不搞外遇。曾几何时，我因为移情别恋和恋人吵架后哭哭啼啼的时候，哥哥还深恶痛绝地说："你身上还真是流着父亲的血啊。"我对此也有自知之明，所以并没有否认。自己和父亲一样，也被哥哥憎恨着，想到这儿，我有些不寒而栗。

"哥哥身上不也流着同样的血吗？"我反驳道。本以为他会生气，他却轻轻一笑，嘟囔着："倒也是。"

"但我是不会搞外遇的。我要和一个女人真心相对，一起过日子。不是说我决心这样做，而是我确信会这样做。"他沉静地说。

不是决心而是确信，这可真了不起，我当时想。不说决心，是因为决定的事情有可能会破灭，而确信却是安静而笃定地存在于心中的东西。

哥哥果然像自己说的一样，找到和泉这样般配的对象结了婚。两人举行婚礼的时候，比起华服加身的新娘，哥哥给我的印象更难忘——我或许也有偏袒自家人的嫌疑。哥哥的表情仿佛很得意。我第一次发现，原来对于男人而言，结婚也是开心的事。

哥哥和我明明是同一对夫妇生养的孩子，却如此不同。哥哥看到了父母的情况，决心组建自己幸福的家庭，而我却自然而然地认为没有家庭会更自在。

于是，同样成长于不幸家庭的和泉和哥哥，携起手来要共同建立微小而平凡，但坚实可靠的幸福城堡。而我一个接一个地换着恋人，没完没了地重蹈覆辙、四处逃窜，才是不幸的那一个吧。我相信爱情一定会结束，所以觉得发誓说永远之类的太可笑了，而真正可笑的人恐怕是我自己吧?

但无论如何，在我看来，他们俩都像是在勉强维持目前的状况。

这如果是我的心理作用就好了。不是说风凉话，我心里真是这么想的。

我担心的事成了现实，比预想的来得更早。

过完周末，周一下班后，我和新男友吃完饭，心情大好地回到哥哥家。我手里有备份钥匙，但是冒冒失失地用钥匙开门进去不太好，我先摁了大门的门铃。门那边传来吧嗒吧嗒的脚步声，如果是和泉嫂子的话，这脚步声未免太粗鲁了些。门猛地打开了。出来的人是哥哥。他看着我，无力地吐了口气。"是你啊。"

"和泉嫂子呢？"

我望着耷拉着肩膀走回起居室的哥哥的背影问道。他没有回答，沉沉地坐进了沙发里。家里一如往常收拾得井井有条，但是空气中却弥漫着一种不寻常的气氛。

"哥？"

我追问了一句，他指了指放在桌上的白色便笺。我心下疑惑这是什么，拿起来一读，竟然是写给我的。

　　　真实妹妹，我想一个人想想事情，所以离家一段时间。照顾诚一的事就拜托你了。如果我离开得久，你就在这里住下也没关系。

　　　　　　　　　　　　　　　　　　　　和泉

我把便笺放回桌上，望向哥哥。他正在看电视上转播的棒球比赛。

"这是怎么回事？"

"好像是白天出去的，几件衣服和旅行包不见了。"

"你们吵架了？"

"没有啊。"

我用手指挠了挠脸。的确没有吵过架的迹象。周末他们几个朋友来的时候，两个人像往常一样一脸幸福，和朋友之间好像也没发生什么问题。昨天是星期日，他们俩还一起去了附近的高尔夫练习场，傍晚我们三人一起和和气气地吃了晚饭。和泉嫂子好像也没有强颜欢笑的样子。比起哥哥刚才冲到玄关开门时狼狈的模样，现在坐在沙发上看棒球的他已经相当平静了。

"到底是怎么了？"

"嗯，唉……"

哥哥淡淡地笑着，站起身从冰箱里取出啤酒，在自己和我的面前各放了一听。他默默地拉开拉环，再次面对着电视喝起来。大约有五分钟，我们就这样默不作声地待着。电视画面中的投球手暴投，三垒的跑垒手进垒。

"这会儿还有心思看棒球？"

我小声冒出一句，哥哥缩起肩膀。

"和泉对棒球不感兴趣。"

"哦——"

"我看的时候，她好像挺不开心，我就一直没看过。"

"哥哥从前不是养乐多队的球迷吗？"

"因为比起养乐多队来，我更迷恋和泉。"

最近我已经听惯了这种甜蜜的台词，可今天听起来总带着一丝空洞。

"不知怎的，感觉松了一口气。"

这句话叫人无法置之不理，我不由得停下了喝啤酒的动作。

"松了口气？"

"我一直在想，恐怕要不了多久，就会发生这样的事。为此每天提心吊胆。现在感觉好像是一直岌岌可危的悬崖总算轰的一声垮了下来，心里松了口气。"

"我有点不明白。她对我说'照顾诚一的事就拜托你了'，我又不是哥哥的女人。"

"我不是小孩子，不用人照顾也活得下去。"

我将剩下的啤酒喝干，把罐子咚的一声放在了桌上。仿佛以此为信号，哥哥开口说话了。

"我们一直在接受不孕症的治疗。"

"这我知道。"

"但你肯定不知道，要是认真治疗的话非常麻烦。不但花钱，检查还特别繁琐。男人还好，女人可没办法继续做普通的工作。"

我认真地听着，沉默着。这话题对我而言太沉重，我不知怎么开口接话。

"结婚五年，不孕治疗已经做了三年，无法预料今后还要花多长时间。和泉也许想放弃了。她原本是喜欢工作的人啊。整天待在家里做家务，跑妇产科，还要照顾我，这怎么可能是充实的生活呢。"

一句"别说了"涌到了嗓子眼儿。更多的话，不说我也知道。

"不单是因为孩子的事，你知道吗，我们俩连吵架都没法吵。"

"那就吵喽。"

我嘟囔了一句，哥哥露出苦笑。尽管这么说，我也知道他们俩是吵不起架来的，因为这仿佛是在他口中即将崩塌的悬崖下用炸弹实施爆破一样。

"反正观望一段时间吧。真实，你不要担心，家里的事什么也不用做。"

哥哥掩饰地笑了笑。我慢吞吞地起身去了客房。

那天晚上直到很晚，还能听见哥哥在起居室玩游戏的声音。我睡不着，蒙在被窝里还听见电子音乐在响。

不出所料的故事发展。这两个人形迹可疑的幸福，果然是建立在彼此的隐忍之上。我本该忍不住大笑着嚷一句"活该"，可心里怎么也高兴不起来。是幻象也好，是别的什么都好，我本想一直看着王子和公主幸福地生活在美丽的城堡里。

和泉离家出走已经好几天了，哥哥并没有去接她。只要给她的母亲或者关系亲近的女友打个电话，一定能找到她的下落。哥哥却只是淡然地去上班，下班回家就看棒球转播，泡完澡以后一边喝啤酒一边打游戏，一直打到深夜。

我最讨厌多管闲事的人，因此不打算在这个时候插手调停。我不喜欢出现更多的麻烦。和可怜兮兮的哥哥一起住在这房子里，实在令人烦闷。

　　我想，差不多该回自己家了。抛下伤心的哥哥离去虽然让人于心不忍，可我继续留在这里，事情也不见得就有进展。

　　"我这就回自己家去了。"尽管很难说出口，我还是冲着像小学生一样投入地打着电子游戏的哥哥的后背说。他瞟了我一眼，笑着说："这样可能更好一点。"

　　夸奖自己的哥哥叫人有些难为情，但哥哥可真厉害。无论发生什么，他脸上也不会显出不快和愤怒的神色。仿佛被心里的内疚催逼着，我急急忙忙收拾行李，离开了哥哥家。我低下头说了一句："承蒙关照了。"哥哥只是和往常一样和蔼地说："再来玩啊。"

　　我心情郁闷地乘上电梯，摁了到一层的按钮，心里计划着要换个心情好好去玩一下，正要走出电梯门的时候，我吓了一跳，停住了脚步。和泉和我一样拿着大旅行包站在那里。

　　"和泉嫂子，你回来啦。"

　　"真实妹妹……"

　　她努力想要微笑，但只是嘴角歪了一下，没有挤出笑容来。她好像瘦了一些。

　　"你托我照顾哥哥，这样离开挺不好的，但我还是想回自己家去。"

"哦。"她移开视线。

"照顾丈夫？和泉嫂子，这个说法已经没人用了。哥哥说他已经是大人了，不用人照顾也活得下去。"

为了让语调听起来若无其事一些，我大声说道。

"是呀。"她也浅浅地笑了。

"可是，这不还是回来了嘛？"

被我一问，和泉看着我。

"即便觉得肯定是错的，你还是回来了。"

她咬着嘴唇沉默了一会儿，点点头，然后用沙哑的嗓音说：

"诚一那么爱我，我却觉得不自在，是我不对。"

她那没有血色的嘴唇颤抖着。

"我告诉自己一定要怀上孩子，必须得努力，于是辞了工作，每天做家务，去医院做检查，这让我很痛苦。而我以为这样的感觉是错的。我以为想和诚一之外的人去玩是错误的想法。"

"才不是呢。"我本想这样说，却没能说出口。为了维持梦幻一般美丽的城堡，这或许是必要的。

见我什么也没说，和泉大概以为我被惊呆了，便用锐利的眼神望着我说："真实妹妹，你一定觉得我们像傻瓜一样，觉得我们是有名无实的夫妇吧。"

第一次看到面带怒色的和泉，我一时间说不出话来。

"但是如果不努力装饰门面的话，就什么也没有了。能够装点好外在，内在不是也可能随后跟上来吗？世上也有即便要撒谎，也不得不说'我爱你'的夫妇啊。"

仿佛在劝说自己一般，和泉说完这番话，便走进了电梯。电梯门在我面前缓缓地关上。看着电梯上行的指示灯逐一亮起，一直到哥哥家的楼层停止，我才走出了公寓楼。

我调整了一下扛在肩头的旅行包，向着车站走去。忽然，我感觉自己仿佛被什么人注视着，便停下脚步，环视周围。

和哥哥家的公寓隔着三栋楼的便利店前，站着一个男人，正看着我这边。我打了个冷战，是那个纠缠不休、打来无声的骚扰电话的前男友！

他的眼睛直勾勾地看着我。如果是从前，我一定会心生厌恶，赶紧逃跑。但我不慌不忙地走到他面前。他的脸上顿时浮现出警惕的神色。

不停地逃啊逃，逃到最后，面前一无所有，倒不如爱到最后，也许会有奇迹在那里等候。

"对不起。"我小声说，其实心里怕得要死。

淑女的品格

我以为妻子的一切事情我都知道。不，准确地说，我以为对于她的一切，我已经了解得清清楚楚了。

美奈子和我是同一个年级的同学，第一次和她做爱是在她十九岁生日的时候。从那以后，我和她做过多少次呢？十年过去了。这期间和美奈子做爱的次数，保守估计也得用三位数来计算。不，恐怕快到四位数了。

即便这样，现在我每周还会和美奈子做一次。我们是四年前登记结婚的，一直维持着这样的频率。这到底是出于义务，还是出于罪恶感，抑或是真心的爱，我自己也不知道。只能说，如果我反感的话，肯定不会和她做。我并不反感这种事情，是因为想做才做的。妻子除了生理期之外，从来没有拒绝过我，所以她肯定也不反感这种事。

过于习惯和亲近之后，人会变得怠惰，做爱也变成了约定俗成的事。年轻的时候还努力花点心思，但最近已经进入"传统相声"的阶段——一开场就知道会怎样展开，怎样结束。然而传统相声也有传统的好处。该笑的地方能放心地发笑，实在让人放松。

至少我是这样想的。我想妻子应该也是这种想法。

忽然有一天，我们正像往常一样例行公事。她也像往常一样扬起脖子，头向后仰到达了高潮，但从嘴里冒出来的话却是："啊啊，英治！"

这不是我的名字。我的名字是和彦。我停下动作，低头看着夜灯下已经看惯的妻子的乳房。她像平常一样轻舒一口气，从我身下爬出来，然后迅速地拾起扔在一边的衣服穿上。对于哑然失色的我，她看都不回头看一眼，伸了个懒腰就钻进了旁边铺好的被窝里。

我光着身子趴在那儿，妻子一如往常，轻轻笑着说了声"晚安"，用毯子裹住身子，不一会儿就传来了健康的酣睡声。

她一定是没注意自己刚才叫了别的男人的名字。

"哟，今儿是'少东家'掌柜啊？"

我呆坐在收银台旁的圆椅上，绿茶加工商的销售员来了。

"怎么啦，愁眉苦脸的？"

我目不转睛地盯着这个刚刚大学毕业的年轻销售员。

"那种'可以吃的茶'有没有卖掉一些？那款产品在商场还挺受好评的呢……"

"原田君，你的名字叫什么来着？"我打断他的话，问。

"啊？"

"名字，名字叫什么？"

"我的吗？博之……"

我双膝交叠，手撑在膝上托着腮，噘起嘴。

"我的名字有问题吗？"

"没有，没什么问题。"

他带着仍然无法释怀的神情，扫视着店里。

"今天老板娘怎么啦？"

我没有回答他的问题，从椅子上站起来。

"那种'可以吃的茶'，老板娘也很喜欢。老板你吃过吗？吃茶叶听起来或许觉得有些不好接受，但老板娘做的新茶饼干是不是特别好吃？直接撒在米饭上吃也行。"

我望着这个拼命推销新产品的销售员的嘴唇。是这家伙吗？可他的名字不叫英治。

"老板？"

大概是见我没有反应，他一脸疑惑地盯着我。

"是身体不舒服吗？"

"好像是……"

"这样啊。那么，呃，今天我先回去了。改天再来，请代我向老板娘问好。"

可能是感觉到气氛不对，这个销售员落荒而逃。

今早我对妻子说："我来看店，你陪妈去商场转转吧。"

"妈"是指我的母亲，她和我们住在一起。我对美奈子和我妈说，你们一人买件衬衫吧，并且塞给她们每人一万日元。两人同时瞪圆了眼睛，轮流把手掌贴在我额头上，歪着头说，趁老板心意没变赶紧去。于是她们亲亲热热地出了门。

将妻子和老妈打发出门之后，我从早上开始，一个一个地排查来店的客人和上门推销的业务员。

我在郊区车站前的商业街经营着一家茶铺。这家小店是父亲一手创立的。父亲在我读小学的时候因为交通事故去世了。母亲一人经营着这家店抚养我长大。大学毕业后，我接替母亲成了店主。

如今，我和妻子美奈子，还有母亲及两个兼职员工一起在这家店里工作。

到了我这一代，生意的规模越做越大。原本店里只有几种绿茶、茶壶和茶杯，现在增添了红茶、中国茶和花草茶。几番犹豫，最终连咖啡豆也开始销售。与之相配，西餐餐具和用于送礼的点心也摆上了货架。旁边的木屐店关门了，我便将它也租下来，把店面扩大了一倍。

打着"老字号"的名号，听上去的确不错，但从前的店铺光线暗淡，为了吸引出门购物的家庭主妇和年轻人进店，我将老铺子装修成明亮的风格。销售额稳步提升，结婚时建房子的贷款一转眼就还清了。

提议装修店面的是和我结婚不久的美奈子。一切还真是托了她的福。要是我一个人的话，怎么也不会想到把暗淡无光的老店装修一新的。

妻子让我将她的想法传达给母亲。因为考虑到母亲的心情，即便她是儿媳妇，老人也不愿意把最重要的店铺交给一个外人随意处置。

买了茶的顾客，可以免费享用用小纸杯盛着的茶或咖啡，这也是妻子的主意。我本来反对说，犯不着这样讨好客人，不料试行之后大获好评。在商场里买了昂贵的高级茶叶，只会收到小票和找回的零钱，但是在芳林堂茶铺还能免费喝杯茶。大概没有人会因为免费喝茶而不开心吧。客人一边喝茶，一边闲聊，还会看看店里的其他商品，见到喜欢的东西就顺便买下来。

母亲见店里生意兴隆，非常高兴。她好像很快意识到，这都是美奈子的功劳。于是妻子得到了母亲绝对的信赖。

然而美奈子似乎无意再扩大店铺了。她凭兴趣用新茶的茶粉做了一些饼干，获得了如潮的好评，甚至有人从县外慕名而来，我还半是认真地考虑过在临街开一家分店。

妻子却反对我的想法。店铺进一步扩大，仅靠家里人就忙不过来了，账目也无法自己掌管。她说按照目前的收入，钱已经够用了，想好好珍惜这个店和现在的客人。我无言以对。我想要开分店赚大钱的愚蠢梦想，被妻子一句话就给浇灭了。

因此我在妻子面前抬不起头来。

即便是恭维，美奈子也算不上是美人，也不是可爱的类型。她的身材比例并不好，穿衣品位也不怎么样。

但是她很勤快，而且性情温和，不会随意发脾气。我一次也没见过她歇斯底里地哭泣或是发火，无论对谁说话，她都是稳重又温柔的态度。

这是今天来店里的第三位销售员了，人人都异口同声地问："老板娘呢？"这是因为通常都是妻子在看店，被戏称为"少东家"的我，中午过后才会晃晃悠悠地去玩玩弹子球什么的。但并非只是这个原因，妻子似乎还出人意料地有男人缘。

我一边应对三三两两却不曾间断的客人，一边考虑着昨晚"英治"的事。

不会有错。老婆在高潮的时候叫了"英治"这个名字，让我如芒刺在背。这样的事可是从来没有过。

英治，这是男人的名字啊。她是在搞外遇吗？

今天早晨，我将妻子和老妈打发出门后，拿出名片簿查了出入店里的所有人的名字，然而并没有发现叫"英治"的人。当然也没有这个姓的人。要从客人这条线入手调查，看来希望很渺茫。来店里的客人几乎都是女性，而且我母亲和两个兼职的大妈也一直在店里。那么是和店铺无关的人吗？是学生时代的朋友，还是通过电话俱乐部①认识的男人？

即便真是这样，她又是什么时候在什么地方有了外遇呢？

妻子和我，还有母亲三人一直是共同生活，而且还一起工作。美奈子独处的时间只有买菜做晚饭的时段而已。这里处于商业区的中央地带，只要三十分钟左右就能买好东西回来，她又没有参加任何学习班，没有定期外出的场所。她原本就不是特别爱玩，也不喝酒，晚上基本不出门。

想到这里，我不由得苦笑起来。这完全像我的忌妒心在作祟。说我一点也没有忌妒，那是撒谎，但也不是非深究下去不可。

这时，运动夹克兜里的手机响了。我慢吞吞地接了电话。

"少东家，现在在哪儿呢？"

娇滴滴的揶揄声从电话那头传来。怎么连情人也叫起我"少东家"来了？

"店里。"我只说了一个词。

"哎呀，现在不方便？"

"没事，我一个人待着。"

---

①指提供异性电话聊天服务的场所。

"在看店呐？本来还想约你呢。"

我抬头看了一眼墙上的挂钟。还有十五分钟，兼职的大妈就过来了。

"再过一个小时左右就行。"说完，我挂断了电话。

情人家开车十分钟便能到。虽说是情人，却还是个大学生，我不过是她众多男友中的一个而已——有些小钱、开着好车的已婚年长男友。

我和她是在高尔夫球练习场认识的。我们的位置正巧相邻，她率性地对我说，尽管自己是左撇子，向用右手的人学习不知会不会有效果，但还是请我教教她。

我也不清楚自己受不受女性欢迎，但以前也有过被女性主动搭讪的经历。和朋友说起这事，却被评价为"那是因为你太闲了"。三十岁上下的男人大多每天忙着工作，没有时间跟女朋友厮混。我不由得接受了这样的解释。我（自我感觉）受年轻女性欢迎的原因，恐怕是大白天也在街上晃荡的缘故。

"夫人有外遇？"

我们彼此间没有感情的羁绊，无拘无束，所以我跟女友说了昨晚的事。当然，我和她是光着身子躺在床上说的，尽管已是"日上三竿"的时候了。

"那个人啊，哎……"

她仿佛很开心似的说。女友偶尔会来店里买茶，也认识我妻子。她一骨碌转过身，俯趴在我身旁，一手托着腮，用手掌轻抚着我的胸膛。

"自己做这样的事，妻子做做不可以吗？"

这冷冰冰的意见颇有年轻人的劲头。我肯定地点点头。

"但心里还是窝火。"

她一脸坏笑地看着我。

"你才不窝火呢，你是在勉强自己。"

本想反驳她，说我是真的窝火，但一想也太小孩子气了。女友摇着头把长发拢向一边，脸靠在我的胸膛上。

"但那个人啊……还真是搞不懂。"

她嘟囔着，似乎并没有太大的兴趣，不一会儿，大概开始想别的事情了吧，哼起了歌。

我一只胳膊搂着女友，一边点着头慨叹道："是啊。"说是窝火，其实更多的是感到意外。

我以为了解妻子的一切，已经人到中年的她，也有像这样和我不知道的男人相拥的时刻吗？我无法想象。

傍晚我回到店里，妻子已经购物回来，和兼职的大妈在一起看店。

我说好看一天店，却出去晃到现在才回来，可妻子不但脸上没有怒气，还对我莞尔一笑。

"回来啦。吃晚饭了吗？"

"啊——呃——还没有……"

"商场里在办北海道特产展销会，我买了鲑鱼子盖饭。"

"嗯。妈呢？"

"在家里躺着休息。好久没上街，好像有点累了。"

我含糊地点点头，走到店里面的桌子旁坐下。兼职的大妈朝我这儿瞟了一眼。连兼职大妈对我这个少东家都一脸厌恶，妻子却似乎从来没有对我说过嫌弃的话，也没有喋喋不休地抱怨过什么。

想想看，这个女人不是特别没脑子，就是拥有圣母一般纯洁的心，她到底是属于哪一种呢？我琢磨着，缓缓地眨了眨眼睛。或许两者都不是，她不过是对我做的事情都不感兴趣罢了。

我四岁就认识美奈子了。她家离我家走路只要十分钟，我们上的是同一家幼儿园，同样的小学和中学，还在同一个学区内不同的学校读了高中。对此，我并没有太多的感慨，因为我们的父母并不亲近，我和美奈子也从来没有同班过。因此我虽然认识美奈子，却几乎没有和她说过话。

和她熟识起来，是在高中毕业那年的夏天。

在距离这里三十分钟车程、本县最大的街区，我和美奈子偶然相遇了。那是在一个保龄球场，我们是两个男生，她那边是两个女生，于是就一起玩比赛，一起吃了晚饭，然后稍微出格地喝了点啤酒。

另外两个人方向相同，结伴一起走了，由我送美奈子回家。其实送不送都无所谓，反正我们两家步行距离只有十分钟，一定要分开回家反倒显得奇怪。

正这么想着，她挥挥手对我告别，原来她从四月开始要在附近租房住了。听她一说，我想起母亲闲聊时提到过，她姐姐结了婚，所以房子改建成了两代人合住的屋子。

"还是有点不方便。"她微笑的侧脸显得有些落寞。我原本觉得她并不是美女，也算不上可爱，那一刻却心动了。

快满十九岁的她和小时候不一样。长相平平无奇，但脸上没有青春痘也没有雀斑，那通透白皙的肌肤足以让同样快满十九岁的我生出那种想法。

发展到出入她的住处没花太多时间。我打算大学毕业后继承家业，大学四年不过是缓期执行期而已。因此我常常逃学去美奈子的住处泡着。她上短期大学，一放学就径直回家给我做饭。从十九岁起，我们就俨然是一对夫妇了。

当然，对于美奈子来说，我是她最初的男人，而且顺理成章和我结了婚。除了我之外，她不曾见识过其他男人。

我曾以为她会背着我和别人发生一两次什么。然而有一天，我知道事情并非我想象的那样。

我和美奈子是四年前结婚的，在我们二十五岁的时候。在那之前，我早已扮演起丈夫的角色。我想既然交往了这么久，早晚得负起责任来，娶了她吧，然而一直没有找到机会。我并不讨厌美奈子。虽然也有过别的女朋友，可说到恋人，还是只有美奈子一个。然而要步入婚姻，总需要一个契机。美奈子自己是绝不会说"我想结婚"的，连这样的暗示也没有，只是淡淡地和我继续交往着。

将我们从倦怠期推向婚姻的跳板，是美奈子的流产。她都没有意识到自己怀了身孕，突然出血晕倒了。她的身体因此每况愈下，于是向公司提出了停职。那时，我对她说："身体恢复后，和我一起开店好吗？"

我家的老房子就在店铺后面，当时正好发现房子有了白蚁，考虑找个机会翻修。如果娶美奈子为妻的话，我决定要好好重修一下房子。

她稍稍考虑了一会儿，泪珠扑簌簌滚落下来，对我说："谢谢。"无论在那之前还是之后，我都没有看到过她落泪。

因为要建造新家，经济紧张，我们只在神社举行了简单的婚礼，连婚宴也没有办，蜜月旅行也没有去。她对此没有一句怨言，就搬到了我和母亲同住的新家里来。

刚结婚不久，她学生时代的好友来家里过夜。两个人在客厅里并排铺上褥子，像两个女学生一样一直聊到深夜。

我无意偷听她们的谈话，只是睡不着，想喝杯啤酒，于是下楼来，却听到从隔扇那边传来两人聊天的声音。美奈子的女友问她："你的第一个男人就是和彦吧？"美奈子回答说："是啊。"女友又问："你打算这辈子只和一个男人睡觉吗？"美奈子没有立刻回答，过了一会儿，她才开口说：

"一辈子只和一个人睡觉，也是一种人生理想。"

女友咯咯地笑了："对呀，也可以这么想。可和彦是怎么想的呢？"美奈子马上回答说："我知道，他就是玩一玩而已。但是没关系。男人不就是这样的吗，没办法啊。"

我悄悄地回到二楼的卧室里，盖上被子闭上眼睛。

这也是一种人生理想吗？女人真是一种不可思议的生物。男人是无法这样美化自己的。

但是，我知道了妻子有我一个人就满足了，并且还能容忍我出轨。那天夜里，我安心地沉沉睡去。

我望着妻子站在店里的柜台旁、面带笑容招待客人的背影。说不上有品位的花围裙，配一条毫不惊艳的磨白牛仔裤。她的背上和臀部都添了脂肪，长头发因为影响工作剪短了，只有白皙的皮肤和从前一样，没有改变。妻子俨然已经成了一位中年妇女。

她的确和蔼可亲，稳重大方，心地善良。然而这些不也可以说是愚钝的表现吗？什么样的男人会和这样的女人瞎搞啊。莫非昨晚是我听错了？

说什么一辈子只跟一个男人在一起，那是撒谎吗？或者是在哪里被什么人勾搭上了，才违背初心顺从了对方？

我忽然醒悟过来。这种事总是翻来覆去地想也无济于事。反正我也没有要逼她供出相好的男人，杀之而后快的激情。肚子也饿了，回家吃饭去吧。

"那，店里就拜托你啦。"

我跟妻子打了个招呼，正准备走出店门的时候，一个穿着高中生制服的女孩进来了。这个女孩只在每周日来打一天工。

"您好。"她精力充沛地对我说。

"哟，美佳啊，今天怎么来啦？"

我笑着问。这个女孩很开朗，人又实在，店里的人都很喜欢她。

"今天找美奈子有事。"

她含糊地回答。我有一点被疏远的感觉，向着店门走去。这时背后传来了说话声：

"是现场照片哦，拍到了。你看你看！"

"哇，真的？"

妻子回答的声音也传入我的耳中。

"喏，拍得挺好的吧。我借了我爸那么长的长焦镜头去拍的，完美地拍到了英治。"

我停下正要离去的脚步。

"真的吗——美佳，你把它放大！"

连妻子也像女高中生似的尖声尖气地说道。我一回头，看见兼职的大妈也加入了她们的对话。

"什么照片啊？"她问两人。

"英治哦，英治的。"

"英治是谁？"

"你不知道吗？就是 Cyber Chrome 的英治啊！"

"不知道呀。"

"我和美奈子都是他的忠实粉丝哦。"

美佳兴奋地说。这时大妈和我视线相接，她一副"这是什么玩意儿"的表情耸耸肩，我也慌忙耸了耸肩。

回到家，我一口气跑上二楼，打开妻子梳妆台的抽屉一看，出现在眼前的是名叫 Cyber Chrome 的视觉系摇滚乐队的 CD 和杂志简报。英治是这个乐队的主唱。他把长发束在脑后，眉毛像女人一样画得细细的，真是叫人倒胃口的毛头小子。然而连我都知道，他是现在年轻女孩"最想得到的男人"榜单的第三名。

我咬紧了牙关，关上抽屉，径直下楼去。起居室里，母亲正悠闲地躺在沙发上看电视。

"有鲑鱼子盖饭。"

母亲一说，我忍不住笑出声来。母亲伸长脖子惊讶地看着哈哈大笑的我。"我说了什么奇怪的话吗？"

"没有没有。"我喘着气，呵呵地笑着说。

"笑什么啊，你这孩子真招人烦。"

"就是想着想着，觉得太好笑了。"

我一边笑，一边泡上茶，开始吃放在桌上的鲑鱼子盖饭。但是笑意仍不住地涌上来。

说起来，美奈子从前就喜欢摇滚乐，常常津津有味地收看卫星频道的音乐节目。可我怎么想得到，妻子出轨的对象竟然是电视屏幕里的偶像歌手呢？

我一直笑个不停，母亲一脸嫌弃地看着我，不痛快地说：

"你要笑到什么时候啊，像个傻子一样。"

可我毫不介意，说："哎呀，这真是绝了。"还是嘿嘿地笑个没完。突然，一个黑色的东西朝我这边飞来，打在我头上，然后咣当一声摔在地上。我一看，是电视机的遥控器，是母亲砸过来的。疼还是小事，主要是母亲朝我扔东西，着实吓了我一跳。

"看着你，实在叫人来气。"

母亲气冲冲地说。我总算收起了笑意。

"妈？"

"你打算就这样一天一天虚度光阴吗？"

母亲突然问出了如此有哲学意味的问题，让我哑口无言。

"美奈子忍得够多的啦。你再不改改，迟早要倒大霉。"

母亲踏着重重的脚步声出了起居室。她干吗生这么大的气？

我孤零零一个人留在原地，一头雾水地捡起地上的遥控器。

然而，母亲的预言果然说中了。这可真不是好笑的事情。

知道妻子实际上没有和任何人出轨的时候，我心里的一块石头落地了，同时反而有些失望。

尽管交往了那么久，今后还会一起过一辈子，但还是希望妻子能有一点我不知道的事情，是和别的男人有染的"女人"才好。她的一切我都能想象得到，是个缺少神秘感的女人，不免让我有些幻灭的感觉。

有这样的想法，我还真是愚蠢。

茶铺的固定休息日前一天，我一如往常地和妻子做爱。我想，今天她恐怕又会叫"英治"了，一种恶作剧般的兴奋在胸中涌动。

妻子到达顶点的时候，果然喊了出来：

"啊啊，英治。"

明明期待她这么喊，可事情成真后却像当头被泼了一盆冷水一般。妻子没有注意到这一点，像往常一样很快穿上睡衣钻回自己的被子里，不到五分钟就极为幸福地酣然入睡了。

我心情糟透了，起床下楼，从冰箱里取出啤酒，坐在厨房的椅子上喝起来。

我不想承认，却不得不承认。我的自尊心受到了极大的伤害。

妻子和我做爱的时候，脑子里想的却是和那个叫英治的偶像在翻云覆雨。我的动作、我让她到达高潮的一切，对于妻子而言都是英治的功劳。对了，她在高潮的时候不是绝不睁开眼睛的吗？

如果真是这样，那我成了什么？难道成了自慰的工具，还是仿真器具？

怎么还能和她相拥而眠！

我一边想着，一边把铝质的啤酒易拉罐捏了个稀烂。

就这样，半年过去了。

我不再和妻子做爱，而是有了一个年轻可爱的女大学生情人。那女孩无论什么要求都会满足我。那种老派的，居然还迷恋偶像的，让人倒胃口的妄想症女人，我才不需要。你还是没完没了地卖茶叶去吧，我赌气地想。

然而妻子的态度一点也没有改变。

我们最后一次做爱后一周，我没有碰她，她问了一句："怎么啦？"而且只问了这一次。我假装睡着了，没有理睬她，她却什么也没说。从那以后，妻子一如往常地生活，全然没有流露出不愉快的样子、悲伤的神色或者是生气的举动。她照常一早起来到店里干活，和我母亲一团和气地看电视。即便英治出现在电视里，她的态度也没有特别的变化，仅仅是微笑着盯着电视画面而已。

最近我经常睡不着觉。躺在妻子身旁的被子里，有时候整夜都无法合眼，直到天亮。胸中积聚着不快，却没有力气去把妻子痛打一顿。而且前两天想跟女朋友做爱的时候，不知为什么，我那玩意儿立不起来了。

稍微走两步路就上气不接下气，一拿起筷子手就发抖，一咳嗽就止不住地流汗。我到底是怎么了？

此刻妻子刚洗完澡，正走向梳妆台，往身上擦乳液，然后很开心似的小声哼唱着，梳理着自己的短发。

"最近，山川屋的茶卖不动哦。"

妻子穿着睡衣回头对我说。我生硬地点点头。

"不跟他们合作了吧。你觉得呢？我想还不如用这部分钱去进一些冈野商事的花草茶。"

"随你高兴吧。"

我勉强挤出这句话，妻子映在镜中的脸微微泛起笑容，像往常一样。

这个女人到底在想什么呢？我偷偷看着她的背影。

我从来没有考虑过和我一起生活的这个女人脑子里在想什么。那一次流产之后，我们并没有避孕，她却再也没有怀孕。关于这件事，她什么也不说，我自然也不知道她到底是怎么想的。

我知道的仅仅是，她既不张贴海报也不去演唱会，却热烈地爱恋着摇滚歌手"英治"。

无论我多么想阻止她，也做不到。无论是殴打她也好，还是死死抱住她的双膝也罢，我绝对无法踏进她的空想之中。

一直以来仿佛空气一样存在的妻子，简直已经成了让我窒息的煤气。

她对待我的方式和从前别无二致。可夜里的生活明明已经和从前不一样了。

她要是真的出轨倒痛快得多。想到这里，我开始怀疑自己的脑子是不是有问题。

"哎，快睡吧。"

妻子站起身，用明朗的语气说了一句，便关了灯钻进了自己的被窝。我也设法想要入眠，便紧紧闭上眼睛。

但是不行。

果然，今晚也听见了。最近每晚都能听见，从身旁的被窝传来妻子沙哑的喘息声。她用自己的手指达到高潮，声音大得即便塞住耳朵也能听见。

"好了，英治，来吧！"

好好先生

"哎呀，是竹笋饭啊！"

那天晚上下班回到家里，发现我最爱吃的竹笋饭在等着我，不禁欢呼起来。

真开心！我正想吃竹笋饭来着。

"小茜从小就爱吃呀。"

母亲仿佛很得意，微笑着解开了围裙。我和母亲在餐桌旁面对面坐下来，一齐说了声"开动啦"，就拿起了筷子。

新笋干贝焖饭是母亲的拿手好菜，配菜炸南瓜丸子和腌白菜也是她亲手做的。小时候没怎么感觉到，长大成人后，才深感有一位厨艺精湛的母亲实在是莫大的幸福。肚子饿得扁扁的回到家的时候，休息日睡懒觉起来的时候，眼前出现精心烹制的菜肴，实在让人感到宛如身在天堂般幸福。

"秀二的饭我已经留好了，你不用担心，饭不够随便添。"

母亲像忽然间想起来似的，说了一句。我正沉浸在幸福中，鼓着腮帮子大口吃着饭，听见母亲这句总念叨的台词，不由得败兴地缩起肩来。

"不用留也没事。反正他喝完酒才回来。"

"那怎么行呢。就算他不吃，也得先把饭留出来啊。"

"好吧好吧。"我敷衍地回应。

我有一个丈夫，已经结婚三年了。最近，他几乎不在家里吃晚饭。接连加班是一个原因，但工作结束得早他也不直接回家，好像每天都去喝酒，一直喝到末班车的时间。

然而，我也没多想什么。结婚前，我和丈夫在同一家公司上班，那里工作的情况我都知道，忙碌的时候大家也常常一起去喝酒。新婚的时候还为此失落过，但现在对于丈夫回家是早还是晚，我已经没有什么感觉了。说实话，他回家晚的话，我甚至会感到更轻松。

我现在在乘公交车十分钟车程的地方做兼职。借着结婚的契机，我辞职了，理由是无论如何也不喜欢和丈夫在同一家公司上班。

公司里有好几对结婚后仍然继续工作的夫妇，并没有结了婚就必须辞职的规矩。但我不愿亲眼见到丈夫工作失误或是被上司训斥的样子。即便不在同一部门，也总会听见许多批评丈夫的声音，我不喜欢这样。放到现在，也许会被认为是老派，但妻子对丈夫的工作还是别知道得太多比较好，这样也许能更长久，我想。

然而我并未对丈夫清楚地表明这一点，因为觉得这样的事用不着面对面地声明。我对丈夫说："当了家庭主妇，所以想在离家近的地方做兼职性质的工作。"他也没表示反对。这是理所当然的，因为这也没什么不自然嘛。

"对了，刚才雅美来电话了。"

母亲像刚想起来似的说。雅美是我学生时代的朋友。

"啊，真的？"

"她问这个周六方不方便过来？看起来我好像也成为你们的同伙了。我倒是开心，可秀二怎么想？丈母娘啦、朋友啦，总是在休息日一窝蜂来家里。"

雅美要来，就是说要来打麻将。最近麻将很流行，我家是朋友中最宽敞的，母亲又恰好擅长计算得分，所以家里每个月会举办两次女子麻将聚会。

我们夫妇并没有和母亲住在一起，只是住在同一栋公寓楼里。我和秀二住一套三居室，母亲住一套一室一厅的单身户型。我们刚结婚，父母就离婚了。

女儿的家就在同一栋楼，母亲自然常常在我家进进出出，但也不是经常泡在我家。母亲比我活泼得多，从前就常去参加学校家长教师联合会的聚会啦、学艺小组啦，每天四处奔走。尽管一直是家庭主妇，从来没有在外工作过，却很喜欢外出，喜欢和人打交道。

如今离婚后，母亲也是忙着学习意大利语，学习游泳，和同龄的朋友们到处去玩。但是她不会喝酒，因此晚上几乎不出门，反正都要做饭，每周有几次会顺带把我和丈夫的份也做好。

喜欢下厨的人要是没有食客的话，还是会缺少干劲，母亲喜欢有人品尝她的手艺。这并不是尽义务，心情好的时候做做喜欢的菜肴，和女儿一起品尝，对于母亲来说的确是快乐的吧。我是典型的厨艺精湛的母亲的女儿，虽然喜欢吃，但是怕麻烦，不喜欢做。从小母亲就乐于为我做吃的，所以长大成人后我什么菜都不会做。

"之前就说过，请妈妈别过分关照秀二了。"

我起身添竹笋饭。母亲比实际年龄显得年轻，然而毕竟是上一辈的人，总会有过分关照女婿的时候。

"话虽这么说……"

"都是一家人了，把所有男人想得跟父亲一样可就大错特错了。秀二一直都说，妈妈性格爽朗又很善良，再像我这样粗线条一点就好啦。"

母亲稍微想了一想，微微一笑说："是啊。"然后把自己的空碗递到我面前。我接过碗，给母亲也添上饭。

母亲一直就很爱笑，从前她笑是为了"把糟糕的事赶跑"。现在没有那样的事了，所以成了饱满柔和的善意的微笑。

这样的笑容对我而言，比美味的竹笋饭更让人感到幸福。

丈夫秀二那天少见地提早回家了。

不过也是在母亲回去以后，我已经整理完厨房，看完电视也泡完了澡，正喝着啤酒想歇一口气。应该快十一点了。

"今天没去喝酒吗？"

我对着脱下西装，正在解领带的丈夫的背影问。

"最近玩得太凶了，钱不够花。"

说完他换上睡衣。我在客厅的沙发上喝啤酒，他也在我身旁坐下。

"秀二，你喝吗？"

"喝一罐吧。"

"啊，要不要先泡澡？"

"不要刚劝完酒又马上反悔嘛。"

丈夫笑着站起身，从冰箱里拿出啤酒的时候，我对他说："肚子饿了的话，有竹笋饭。"

"你做的？"

"怎么会，妈妈做的。"

“我就说嘛。”

他苦笑着拉开拉环，端着易拉罐直接喝起来，我不由得看着丈夫喝啤酒的样子。

他的长相说不上很帅，但有一张鹅蛋脸、细眼睛，眼梢微微下坠，鼻梁清晰挺拔，一看就是个好青年。结婚前体形偏瘦，最近好像开始有肚子了。我觉得更让人有亲近感。

也许是注意到了我的目光，看着电视的丈夫忽然调转视线看向我，毫无来由地朝我笑了笑。露出这样的表情时，他看起来实在是一个善良的人。有一点怯懦，但是给人诚实又温暖的印象。我想，丈夫实际上就是这样的人。

“工作忙吗？”

我问了一个仿佛社交辞令般的问题。

“一般，你呢？”

“也一般。”

我不经意地重复着他的话，当成了回答。

不知从什么时候起，我们都不怎么说起各自工作上的事了。

“周六雅美她们来家里打麻将，行吗？”

“我没问题啊。”

“你打吗？”

“还不知道。打也行，但可能会出门。”

“嗯，明白了。”

最初，丈夫如果在家，也会一起打麻将，但是跟刚入门的新手打还是没意思，最近就不怎么参加了。

他实在是处事周到的人，不管谁来家里都不会给脸色看。我和女性朋友以及母亲七嘴八舌、毫无意义地闲聊，他既不完全忽视，也不过分积极地参与，自然地应对附和，不时在绝妙的时机开开颇有意思的玩笑逗大家乐。

女性朋友们对他交口称赞，说我嫁了个好老公，事实也的确如此。真的。因为他是这样的人，我才喜欢上他、和他结婚的。

我的父亲是个很难相处的人，绝不会在这样的聚会中现身。在为了讨好父亲，一直提心吊胆地过活的我和母亲看来，丈夫的亲切友善和善解人意更像是一种美德。

我实在是很幸运。

父母离婚之际，出售旧屋和土地所得的钱都进了我和母亲的名下。因为父亲是为了和情人结婚才和母亲分手，是他单方面的过错。我和母亲用这笔钱分别买了一套公寓。

因此对现在的我而言，能称为烦恼的烦恼一个也没有。

在这个处处压力重重的世界，像我一样幸运的人实在是少有。

波澜不惊的日子就这样持续着。难相处的父亲去了别的女人那里。丈夫是稳重而温柔的人，母亲似乎也很幸福。我有很多女性朋友，不仅一起打麻将，还一起打网球，去海外旅行。

我没有更多的奢求了。

兼职是单调的工作，说有趣恐怕是撒谎。周围没有了能成为恋爱对象的男人，也叫人有些寂寞。可这都是细枝末节的小事。要是统统都说出来的话，就没完没了。人生一定就是这样的，每天只要拥有平和的快乐就好。

"小茜，不好意思。"

丈夫的呼唤让正在想事情的我回过神来。

"嗯？怎么了？"

"借我点钱行吗？这个月有点超支了。"

他每月有一定金额的零花钱，偶尔不够的时候，我就从用于家庭开支的钱里拨一些给他。

"行啊。要多少？"

"可以的话，十万日元左右。"

"啊？"

我下意识地问了一句。一般都是两三万。

"和公司的后辈去了银座的一家店，贵得出奇。只好撑着面子请客，结果账单一来就傻眼了。"

"唉，还是在和自己身份相当的店里喝吧。"

"当然啦。这次是个教训。"

面对苦笑着挠头的丈夫，我无奈地笑了。

我是幸运的。我是幸福的。

然而时不时，会感觉头脑的角落里仿佛有小飞虫在盘旋一般。

无论我如何奋力驱赶，它还是飞回来赖着不走，我清晰地感觉到，这只飞虫恐怕就是叫作"无聊"的东西。

　　周六那天，丈夫还是外出了，不知去了哪里。

　　打麻将大约下午两点开始，中间吃一顿晚饭，到晚上十点前结束，久一点的话，偶尔会持续到半夜。

　　当天也是我、母亲、雅美和另一位朋友一起打。母亲从前在文化中心学过麻将课，最初她是我们中间打得最好的，但是现在大家几乎已经实力相当了。一旦动真格的开始赌钱了，局面一下子就进入了白热化状态。

　　到了傍晚，暂时休息一下，母亲去准备晚饭。食材是雅美她们带来的。但是让母亲一人做饭说不过去，于是让输得最多的那个人一同去了厨房，给母亲帮忙打下手。只留下我和雅美两人在座位上。母亲和朋友的谈笑声从走廊那头传来。

　　"今天秀二到哪儿去啦？"

　　雅美一边点燃薄荷味的香烟，一边问道。

　　"上什么地方去了吧。"

　　我拿起遥控器打开电视，回答道。

　　"上什么地方？"

　　"谁知道，看赛马去了吧。"

　　傍晚的电视新闻正在播放赛马比赛的结果。我对赛马没什么兴趣，但是丈夫好像时不时会买马券。

"'谁知道'……你就这么放心啊？"

"被一一追问去哪儿、几点回来，不会很烦吗？"

"就是说你要给他自由，对吧？"

"休息日的时候去哪儿、去做什么，不是他的自由吗，反正也碍不着别人。"

"说不定是受不了休息日丈母娘和妻子的女友一窝蜂涌到家里来，吞云吐雾玩麻将，才出门去哦。"

我关上电视，冲着她说道：

"不要硬跟今天发生的事扯在一起。雅美，你说出这样保守的话，倒真叫我意外。"

她不紧不慢地撩起头发，看着我的脸，睫毛又垂了下去，仿佛欲言又止。

"怎么啦？"

"这些话我本来不想说的……"

"这不是更吊人胃口吗？想说什么就说吧。"

"最近，秀二是不是有点奇怪？"

她这么一说，我瞪大了眼睛。

"阿和上个月在夜总会看见秀二了。"

阿和是雅美同居的恋人，比她小五岁，现在好像还算在认真地工作，从前在夜店里干一些冒牌DJ之类的活儿，外形阳光、爱玩、很有魅力。我不会和这样缺少安全感的人产生恋情。不过作为朋友倒是很有趣，我很喜欢他。加上秀二，我们四个曾经一起去滑过雪。

"夜总会？"

"我自己也没去过，所以不太清楚，反正就是那种可以对女孩子动手动脚的地方。秀二在那儿玩得挺过火的。"

据雅美说，阿和偶尔和同事去那家店。当时离开座位一会儿，发现三个上班族在大闹。当然那种店就是为了让人去胡闹的，但即便这样也有行规，女孩要是真的特别不情愿的话，一般是不能硬来的。

可他们却在女孩不愿意的情况下，硬把手伸到人家裙子里。阿和都紧张起来了，尽管事不关己，也担心店里是不是会有吓人的管事跑出来。去洗手间的时候，他想看看那是些什么人，回去时就从他们桌边走过，结果吓了一跳。三个男人中那个看起来最下流、大声嚷嚷着揩女孩油的，好像就是我家的秀二。

听完这一通话后，我不知如何回答，于是也点起了烟。

"……会不会看错人了？"

"我也这么问他了。"

"这么问了，然后呢？"

"我也看见了。好像是上周吧，我在涩谷撞见秀二和一个怎么看怎么没大脑的二十来岁的姑娘，拉拉扯扯地在街上走。"

我慢慢地把烟吐出来。刚才听见的这些话完全没有真实感，进不到大脑里去。秀二那样的人会去夜总会？那是和我交往后用了半年时间才第一次接吻的秀二？那是会喝酒和赛马，除此之外被大家一致公认为十分正经的秀二？

见我沉默不语，雅美像担心似的加了一句："还是不告诉你比较好……"

我挤出笑容说："不会啦。秀二也有闷在心里的事情吧。我会留心一下的。"

"这样可能会比较好。"

雅美仿佛稍稍松了口气，但还是有些内疚。"开饭啦。"这时刚好传来母亲明快的喊声，我们俩站起身来。

没什么大不了的。就像刚才我说的那样，丈夫平常待人接物彬彬有礼，也许这不过是在排遣平时积累起来的郁愤罢了。直接问问他吧，我想。

然而那天的麻将，最终只有我一个人输了。

第二天是周日，丈夫开车陪我和母亲去超市购物。周日几乎总是像这样，由他开车，我们去买清洗剂啦、米啦这类重的东西，这已经成了习惯。

平常我没有留心丈夫的态度，今天仔细观察，似乎没有什么特别的变化。他在车里回应着母亲的闲聊，在超市里推着购物车跟在我们身后。和平常的周日一样，回到家就开始干自己分担的家务，去打扫浴室，干完了坐在沙发上看书。傍晚母亲来了，我和她做好晚饭，三个人和和气气地一起吃。

吃完饭母亲回去了。我本想用开朗的语气说"阿和说在夜总会看见你了"，可不知怎的没能说出口。看着丈夫和善又拒人千里之外的僵硬微笑，我有种不说也罢的心情。

然而那天晚上，趁他在泡澡的时候，我做了原本绝对禁止自己做的事情。模糊的不安渐渐变得越来越沉重，终于让人无法忍受了。

我小心不弄出声音，悄悄地打开衣橱，把手伸向丈夫挂在衣架上的西装外套。我一直认定不该做的事，就是偷偷搜丈夫的衣服口袋和手提包。

要是看见不希望从他的西装口袋里搜出来的东西可怎么办？心跳得厉害，我伸向口袋的手停了下来。

还是算了吧。如果搜出了不希望看见的出轨证据，还不如一开始就不要看。因为觉得还是不知道更好，才把同一个公司的工作都辞掉了。

然而和我的想法相违背，我的手却停不下来，飞快地搜索着丈夫的衣兜，找到了一块手绢、一包纸巾、一卷薄荷口香糖和三张消费小票。

我坐在地板上看小票。第一张是午餐和咖啡，第二张是车站前的书店，第三张是某个酒吧的消费凭证。明细上显示人数是三个人，每人点了三杯酒，还点了下酒小食。价格绝不算便宜，但人数不是两个人，这让我松了口气。

也许是我胡思乱想。也许是因为雅美说了奇怪的事，使我担心过了头。这样想着，我站起来，将丈夫朴素的外套挂回了衣架上。这时，我发现刚才搜过的衣兜上方还有一个小兜，便试着把手伸进去摸了摸。手指触到了什么东西。

我把搜出来的东西放在手掌上仔细端详。三厘米见方的小塑料袋里有两片仿佛是药的东西。乍一看以为是头痛药，但仔细一看，药丸表面上有形似蝴蝶花纹的浮雕，有些奇怪，又像是点心的样子。

药店买的药一般都是放在包装袋里带在身上的，为什么要这样放在塑料袋里呢？

我好像看见了不该看的东西，感到有些恶心，顿时有点坐立难安。

这个时候，听见浴室的门开了。我吓得打了个哆嗦，把那东西放回原来的口袋里，慌忙关上了衣橱。

总感觉无法和母亲说起这件事，也担心会把事情闹大。

先看看情况，好好问问他本人吧。我这样下了决心。然而周一过去了，周二过去了，直到周五也没问出口来。

除了从家庭开销里借用了钱之外，丈夫没有任何异常之处。他比我早半个小时起床，吃完面包出门，夜里带着酒气回来。没有粗鲁的言辞，淡淡地换衣服，淡淡地冲澡，淡淡地对我微笑一下上床睡觉，并排放置的两张单人床那头很快就有鼾声传来。

我们俩在性的方面都很淡泊，结婚以来四个月左右做一次爱。我觉得这样刚刚好，丈夫也没有说过什么。我们也没特别商量过要不要孩子。我们没有避孕，我想如果有了孩子就生下来，丈夫或许也是这样想的吧。

周五的晚上，什么也没有问出口，夜就深了。周六早上，丈夫稍微睡了会儿懒觉，和上周一样，说了一句"出去一下"就出门去了。

我决定如果丈夫周六又一个人出门的话，就跟踪他，于是换上特意买的看起来老了十岁的衣服，戴上平光眼镜，悄悄跟在丈夫后面出了门，向车站走去。

一开始还担心会暴露，但很快就习惯了。普通人一定不会觉得我在跟踪。他一次也没有回过头，也没有东张西望。

他去了涩谷，一个人看了一部新片的首映，然后进了书店和CD店。担心的事情完全没有发生，我扫兴地觉得自己的行为真是荒唐可笑，正打算打道回府的时候，发现丈夫开始看手表了。他出了CD店，往中心街区走去。我的心骤然怦怦怦地跳起来。他要去和哪个女人约会吗？

拨开人群，我远远地看见了丈夫的背影，便紧跟着他。丈夫在快餐店门口放慢脚步，站住了。我也停下脚步。

店里出来一个穿制服的女高中生。那个女孩向丈夫举起一只手打招呼。丈夫也同样举起一只手，然后两人并肩一起走。

时下流行的"援助交际"这个词在我脑中闪过。我强行压抑着快要爆炸的胸腔，跟随着两人。他们进了小巷。我稍稍等了一会儿，朝那条小巷里窥探。

他们站的地方离我出乎意料地近，我慌忙把头缩了回来，然后借着大头贴招牌的阴影遮挡，窥视两人的情况。

丈夫从钱包里取出钞票，递给女高中生。女孩接过钱后把手伸进制服的口袋里，取出什么递给了丈夫。丈夫确认了一下递来的东西，揣进了牛仔裤的裤兜里。然后两人就像见面时那样举起一只手，一左一右分开了。丈夫径直走进巷子里，女孩朝我的方向走过来。

浑身飘着刺鼻的香水味、染着褐色头发的女孩，若无其事地从呆呆伫立的我面前走了过去。我想叫住女孩，问她刚才干了什么，身体却仿佛变成了石头一般动弹不得。

也不知在那里杵了多久，我开始慢腾腾地挪动步子，向车站走去。思绪完全无法集中，只有莫名的恐惧和悲伤填满了大脑。实在不想这么径直回家去，给雅美打了个电话，她说："先来我家吧。"

于是我什么也没想就乘电车去了雅美家。在按响门铃的时候才意识到，我连上门做客该买礼物的事都没工夫想。

阿和也在家，我心情一缓和下来就哭了，把在丈夫西装里发现药丸和今天女高中生的事都告诉了他们俩。

"那个，可能是 Ecs。"

一直默默听我讲述的阿和冷不丁地冒出一句。我看着他浅黑的脸问："Ecs 是什么？"

"Ecstasy，就是摇头丸的缩写，时下流行的兴奋剂。最近有高中生在卖。"

"不会吧……"

"是真的。要是黑社会或者外国人直接卖的话太惹眼了，所以他们利用涩谷街上的小混混和女高中生来卖。我讨厌化学药物，倒是没有吃过，但是去夜店之类的地方，圈外人也随随便便就能买到。"

我说的"不会吧"，是"秀二不会也用吧"的意思。丈夫既不是夜店的常客，也不是不良中年人，不过是平凡的工薪族罢了。

"但就算被抓住，初犯也可以缓期执行，放心吧。"

阿和刚说完，雅美就打了一记他的头。

"你说什么。这事可一点也不好笑。"

"我可没开玩笑。哎，小茜。要是像我这样的人还好，像你老公那样的人真的吃这玩意儿的话，可得小心。"

我连点头的力气也没有了。

"人只看外表是看不清的。那些正经又和善的人，表面装得光鲜，内心可能脏得不得了哟。"

"胡说，小茜的老公才不是那样的人呢。"

"雅美你不懂，那种类型的人压力才最大，不去夜总会消消气都不行。"

"你不是也去吗？"

雅美和阿和你一句我一句争执的时候，我在一旁把两只手紧紧地握在一起。

或许，秀二并不像我一样，感觉现在的生活有多幸福。

这一点我从来没坦诚地考虑过。也许本应相同的日常生活，在我和丈夫的眼中是完全不同的颜色。

第一次，我的心猛地收紧了，臼齿发出咯啦咯啦的声音。

丈夫真正在想什么，感受如何，我从来没想过要观察，要了解。因为不想参与丈夫的烦恼，才辞掉了工作。我不想知道人心底的阴影之类的东西，才选择了安闲自若的秀二做丈夫。

真可怕。我忘记了自己是在别人家里，蜷着身子蹲在地上。要回到有丈夫在的家，实在是可怕。

雅美和阿和开车把举止失常的我送回家，但是没有上楼进屋。他们或许也不想过度地介入别人的麻烦。

我用颤抖的手转动门把手，打开了玄关的门。从走廊深处的起居室传来电视的声音。

　　我仿佛进入鬼屋一般腿脚僵硬地往前挪步，倒抽着冷气向起居室里窥探。

　　"啊呀，回来啦。"母亲回过头，悠闲地说。

　　"我和妈妈先吃过晚饭喽。"

　　丈夫摊开了晚报，说道。电视上一如往常播放着综艺节目，母亲一边看一边仿佛很开心地放声大笑。我呆呆地站着，看着眼前这过于和睦的景象。起居室里像平常一样，和乐融融，然而这原来是假象吗？

　　电视插播广告的时候，母亲说了一声"好啦"，站起身来。

　　"那我就回去啦。小茜，回家晚的话，电话总得打一个啊。不然你的婚姻会出问题哦。"

　　母亲笑着说完，从我身边走过，出门去了。丈夫侧脸对着我，目光落回晚报上。

　　对于我的无故晚归，对于和丈母娘两个人吃晚饭，丈夫是怎么想的，我完全不得而知。

　　过去我一直用自己的预想和推测来判断丈夫的想法。因为他经常笑，所以是快乐的吧？他没有生气，所以这样做应该可以吧？我甚至突发奇想，他的晚归会不会是"拒绝回家症"呢？

　　"秀二……"

我用颤抖的声音呼唤丈夫的名字。

"嗯？"他没看我这边，只是应了一声。

"你该不会其实……"

这时，丈夫抬起头看着我。他一定没有见过我这种铁青的脸色。

"其实是想离婚吧？"

"嗯，是啊。"

丈夫的回答淡然得近乎恐怖，脸上带着我熟悉的沉稳笑容。

离过婚的人

"矢岛君完全不像男人啊。"

说完这一句，她就闭上了嘴。我把啤酒喝干，把餐前赠送的拌蔬菜吃完，她也没有要开口的意思。我向路过桌边的店员大婶点了冷酒和天妇罗，瞟了瞟邻桌大爷打开的体育报，抠抠指甲盖上的皮，等着她开口说话，她却一直只是沉默。

望着她下垂的睫毛，我不禁感叹，世间还真有寡言少语的女人啊。她仿佛全然忘记了我坐在面前，一小口一小口地啜饮着杯中的啤酒。

刚过肩的长发直直地垂下，唯一的装饰是小小的月光石耳钉。黑灰色苏格兰羊绒衫配牛仔裤，这副休闲装扮却意外地显得雅致。说她是服装行业的人也不会显得奇怪，实际上她是一位宠物美容师，小狗小猫的美容师。

刚认识的时候，她话很少，我想那恐怕是想给人好女人的印象罢了。我原以为女人都是藏不住本性的，只要让她随心所欲，过不了多久，不用你发问，她就会滔滔不绝地说起话来。然而交往快半年了，她仍然不怎么说话。

在常去的这家荞麦面店里，我们边吃晚饭边喝酒。这家店在离车站稍远的居民区里，算是荞麦面店和割烹料理店①混合的店家。晚上像我们这样来小酌一杯的客人不少。

但这儿不是小酒馆，不会有一大拨酒客吵吵嚷嚷，也没有播放背景音乐，所以店里很安静。再加上同桌的女子寡言少语，我一个人喋喋不休地说话显得奇怪，话不由得也少了起来。这样一来气氛似乎会变得尴尬，但并不尽然。望着心仪的女子，只是放空心思喝喝酒吃吃菜，倒让人感觉很惬意。

"我就这么没有男子气概吗？"

终于，我还是沉不住气问出口来。

"我说的是'不像男人'。"

她用女低音般沉稳的音调回答。

"对不住了，我就是这种软绵绵的男人。"

"我是想夸你。"

她涂了一点口红的嘴弯成了月牙，眼睛眯起来，仿佛新月出

---

①传统的日式餐厅，食客可以直接坐在厨师的烹饪台前欣赏烹饪技艺。

现之前细细的线，宽阔的额头像一轮洋溢着幸福的满月。

冷酒上来了，我们往对方的酒杯里斟酒。"日本酒是这个味道啊。"和她一起喝酒，我每次都沉浸在这样一种幸福里——把理所当然的事情理所当然地接受下来。或许在旁人看来，会以为我们之间发生了什么不愉快的事，才这样悄然无声。想想看，无论男女，能与自己沉默相对、相安无事的人，我还是第一次遇见。

"千晶很有女人味哦。"

我说着，意识到自己有了微微的醉意。

"从来没有人这么说过。"

"对吧，没有人这么说过吧，因为你有一张像阿福一样的脸。"

"你说话真失礼啊。"

她一边微笑，一边用左手将一绺头发拢到耳后。看着这个动作，我在醉意之外又感到一阵微微的目眩。

人生啊，什么时候会发生什么事，真是无法预料。

我找到了理想的恋人。她比我稍稍年长一些，话不多，不用我察言观色，不用我寻找话题，就能给我带来舒适而温柔的时光。这简直近乎奇迹。仿佛栖息于孤岛上的濒临灭绝的美丽鸟儿，突然在我下班回家的路上从天而降一般。

只不过……为她斟完酒，看着她接过酒杯的纤纤指尖的时候，我想。

只不过，什么女人都是这样，初识的时候都是温柔善良的，而不久就会像放在桌上的糯米团子，变得干巴巴硬邦邦的。

在不久的将来，她也会变成这样吧。这世上真的有始终如一地保持温润的女子吗？

出了店，我们向着千晶的住处走去。她的家在步行大约五分钟开外的地方。我们每周约会一两次，在刚才的荞麦面店见面，简单地吃完饭后去千晶的家，已经成了既定模式。

我的家在千晶家的相反方向，过了城铁站还得走十五分钟。但即便去她家，第二天要上班的时候，我也会赶在凌晨前回自己家，周末也一定在早上之前离开。对于这一点，她从来不说什么，也从没有流露过不满的情绪。

出了荞麦面店，我们才总算有点儿像一对恋人，牵着手走在路上，有一搭没一搭地说着天气和工作的事情。在附近的便利店买点东西，就去她家。

千晶的家在没有电梯的旧公寓楼四层。她默默地打开门，我们一起进屋。在门边脱掉鞋子后，我们轻轻地双唇相贴。这时，来迎接主人回家的猫总是仰起头惊愕地看着这一幕。

千晶对这只金吉拉猫说了一句"我回来啦"，便脱下外套放下包，然后对我说"我先去了"，是先去冲澡的意思。每次见面都是这样。这让我感到安心，甚至是感谢，偷偷地祈祷同样的事今后能一直重复下去。并不是所有人都期待恋爱有戏剧性的展开。

她一进洗澡间，我就从冰箱里取出啤酒，坐在沙发上喝起来。猫儿慢慢地凑过来，抬头看着我。

我伸出手在它的鼻子前逗弄，它只是闻了闻我指尖的气味，就没趣地转向一边，仿佛对我完全不感兴趣，到屋子的角落里蜷起身体，很惬意地闭上了眼睛。我来过许多次了，到现在它也不和我亲近。

一开始，我没有多想，想抱抱它，不料却被它锋利的爪子挠了一下，伤痕马上红肿起来。我从前养过一只三花猫，一见面就跳上我的膝头，很喜欢被人抱，因此这样激烈的拒绝着实吓了我一跳。千晶说，长毛猫与日本猫不一样，不太喜欢被人抚摸。

大概因为这个缘故，她自己也不太摸这只猫，就是摸摸头而已，然后一副和猫互不相干的样子。在我看来，这只不招人喜欢、性格酷酷的猫或许和她正相配。

千晶的性格在房间的内部风格上也明显地体现出来。她的家里没有电视。我打开桌上的收录机开关。播音员播报新闻的低沉声音流淌出来。我听着广播，喝着啤酒环视屋内。

她屋里只有最低限度的必需品。隔断对面摆放着一张单人床。我正坐着的双人沙发，一张小桌子，一个小书架，一部有些过时、没有录音功能的简单电话机。衣服放在嵌入墙壁的衣柜中，餐具放在简易厨房自带的橱柜里。唯一多余的就是这只长毛猫和它的餐具及便具。壁纸是象牙白的，床罩、窗帘和靠垫是灰色。猫的名字很简单，就是按照毛色取的"小白"，她自己也几乎不穿彩色的服装，和房间以及猫的颜色很协调。

她的房间、她对养的猫的感情、她对待我的方式，用一个词来说就是淡然。我们没有一起谈论过彼此的将来。我没有提起话头，她也一样。很快她就会从浴室出来，穿着宽大的针织家居服，表情会比在外面放松得多，脸上带着一点羞涩的浅笑。接着我去冲澡，然后盖上干净的被子，一起相拥入眠。

这半年就像做梦一样，与我心仪的女人之间产生了感情，顺顺利利地平稳发展，两个人不断地约会。

关于她，我尚未知晓的地方还有很多。

据她说，她学生时代一直打排球，因为母亲讨厌在家养动物，从小就希望在宠物店工作。

她年长我两岁，好像很能喝酒，但她说从不一个人喝。宠物店的休息日是周一，另外可以根据自己的喜好选一天休息。她的枕边总是放着填字游戏的杂志。关于千晶，我知道的就这么多。

确实还想知道更多，可也隐隐有别知道太多比较好的感觉。随着爱的加深，未知的部分会渐渐消失，如果水分熬干之后剩下的只是不幸的话，还不如维持现状就好。

这样的想法就是我"不像男人"的地方吧。想到这里，浴室的门打开了。

她头发湿漉漉的，我们就这样四目相对。她微微歪着头，像觉得不可思议似的望着我。

千晶不追问我的过去，不说任性的话，也不急着约定下一次见面的时间。

形成这样一种关系，是因为我们都是离过婚的人吧。

遇见她是一年前的事了。

我为了上大学离开老家独立生活，约莫十年后再回到自己出生长大的地方，车站周围街道的布局变化令我大吃一惊。

这片郊区离东京市中心不过两小时车程，过年的时候我还是会回家看望父母，但因为是乘车往返的缘故，没有注意过街道的变化。

从前只有一条陈旧的商业街，现在车站上方矗立着大型购物中心，商业街也变成了敞亮的步行街，有女孩子喜欢的漂亮的咖啡厅、品种齐全的面包店、能租到最新影片的影碟出租店、大型书店、超市、牛仔服装店，甚至还有设计师品牌的服装店。

这些大企业旗下的连锁店里，商品种类和我住过的东京中心街区的没有区别，什么都买得到，让人有种不可思议的感觉。

我再次回到老家，与还称不上老年人的双亲住在一起。然而我告诉母亲不用再照料我的生活了。现在，我已不想让母亲再为儿子几点回家、吃什么、能不能每天换白衬衫之类的事情烦恼了。

倒不是说我打算自己做饭、熨烫衣服，而是要在变了样的街区找到卖便当的店铺，以及营业到很晚的洗衣店。

我发现早一些下班的话，能在车站大楼的地下商区买到各式各样的便当。车站前的商业街还有酒铺。啤酒在那里买就行。往小巷里走走，发现有酒吧，还有脏兮兮但味道还算可口的快餐店。转过巷子往县道方向走几步，有一家门脸不小的宠物店。

透过橱窗，我看到有好几只小猫在笼子里睡觉，想起了被前妻带走的三花猫。那只爱撒娇的猫摸起来的感觉真让人怀念。

按时下班的日子，我就去车站大楼买便当，到酒铺买啤酒，顺道去宠物店看看橱窗里的动物，逐渐成了习惯。

有时间也会进店，看看笼子里的猫猫狗狗、小鸟、乌龟、金鱼之类的。一开始想，等生活再稳定些，要不养只猫吧，然而又摇头否决了。我一个人没有自信能负责任地照顾好猫，直到它死去。都这把年纪的人了，也不能养腻了就把照顾宠物的事情推给母亲。频频路过这家宠物店的理由还有一个，就是几个店员中有个叫千晶的姑娘。

一开始见到她的时候，她正在店内的玻璃屋里为宠物狗做毛发护理。她虽称不上是美人，却是我喜欢的长相，长发绑在脑后，一脸认真地在梳理狗毛。

从那以后，每次去宠物店，我都会搜寻她的身影。她有时站在收银台，有时在打扫笼子，也常见到她和别的店员说话。她年纪和我差不多，不怎么笑，不是活泼开朗的类型，然而不知为什么会吸引我的视线。

有一天，我和往常一样从酒铺出来，从外面看着宠物店的橱窗。还没看动物，就先搜寻她的身影。

那天没看见她的踪影。本来什么也不打算买的，但担心老是进店闲晃，恐怕会被怀疑，我望向路边橱窗里的金吉拉猫，笼子上贴着"半价"的标签。

"喜欢这小家伙吗？"

背后传来说话声，我吃惊地回过头。她正抬头看着我。

"是挑剩下的，所以特价出售。但是它很健康，脾气也好，已经训练过上厕所了，现在买很划算哦。"

"这个……不过……"

"您总是来店里看看，一定很喜欢动物吧？"她浅浅一笑。

"不好意思。我是喜欢动物，但怎么说呢，没有自信一直负责任地疼爱它，直到它死去……"

事出突然，我语无伦次地找借口。于是她耸耸肩，淡淡地说："这样啊。"

她正推着店门，我条件反射地搭话说："哎……"

她转过头。

"你知不知道这附近哪里有能一个人喝点酒吃饭的店？我刚搬过来，找了找，没找到特别合口味的。"

顺顺溜溜地从嘴里冒出这样一段谎话，连我自己都感到吃惊。

回到老家已经三个月了,卖快餐的小店我找到了三家。

她面无表情地凝视了我一会儿。这是警惕的反应吧,我正想着,她淡然地笑了笑,告诉了我那家荞麦面店的名字。

尽管从车站出来和我回家的方向相反,我还是几乎每隔一天就去这家荞麦面店。不出所料,一周之后遇见了她。她一个人,我也是一个人。刚碰见的时候只是寒暄,然后坐回各自的座位。再碰见的时候就并排坐在了长柜台边。她没有太多表情,但似乎并不反感。不约会也能在这家店碰面。我在公司的名片上写下了住址和手机号给她。她只告诉了我名字,没有透露电话号码。我一开始就告诉她我离过婚。她略感吃惊,嘟囔着说:"我也是。"我没有吃惊。她那总是带着一丝阴霾的感觉,大概就是这个原因吧,况且现在离婚并不稀罕。

第三次还是第四次在荞麦面店"偶遇"后,我鼓起勇气提出送她回家。倘若千晶不希望我更接近她,就不会告诉我住处了。我想,如果被拒绝,就再也不去荞麦面店了。她本是出于好意告诉我那家店,每次都会在那里遇见我的话,也许会感觉有压力吧。

然而千晶没有拒绝我。来到她的公寓前,她邀请我说要不要喝杯茶。于是进屋后,两人自然地抱在了一起,我们的脚边是那只卖剩下的特价金吉拉猫。

最初的时候,一起看了几次电影,还去东京市中心的餐厅像模像样地约会,结果发现我们俩其实都不是热衷外出的人,我就常常来千晶家了。

两个人都经历过离婚，也就是说曾经结过婚。然而是怎样从结婚走到离婚的，她和我都只字未提。

这样的关系一直持续下去就好。她和我对彼此都没有更多的奢求，两人都方便的时候就见面，一阵子不联络也不碍事，我们想保持彬彬有礼的朋友关系。

然而那一天，变故发生了。

我在淋浴的时候，好像听见电话响了一声。我停下正在洗头的手，竖起耳朵听，能稍稍听到她说话的声音。

我来千晶家的时候有电话打进来，这或许还是第一次。她的亲戚朋友（她都结过婚了，肯定会有），从前的恋人之类的，总会有什么人打电话来吧。

我这样想着出了浴室。千晶不在沙发上，而是随意地坐在地板上。她回头看我的眼神里有种莫名的胆怯。

见到千晶的表情，我知道原本想打消的预感不幸成真了。

她勉强挤出微笑，脸颊明显变得僵硬。

"实在对不起……"她小声地说。

"是突然不方便了吧。没事，今天我就回去吧。"

在她说完之前，我抢先说了一句。本想用明朗的语调说的，可声音却微微有些沙哑。

"实在抱歉。"

"不用在意。我下次再来。"

本来我没做错什么，却仿佛做了亏心事欲盖弥彰似的，匆匆穿上了衣服，给了满脸抱歉的她一个笑容，离开了她的家。

或许是前夫要来吧，还是别的男人呢？但我都无权指责，也无意指责。

我落寞地走在回家的路上，还没干的头发被北风撩动，凉飕飕的。

"唉，早就分手了啊。"

在公司附近的咖啡店里像平常一样吃午饭的时候，同部门小我一岁的男同事笑着说道。只听说他家庭生活不太顺利，没想到严重到这个地步。

"什么时候分手的？"

"上周刚去区办事处盖了章，不过前一周就已经搬出去了。"

"是吗，真够受的。"

他将最后一片姜汁烧肉塞进嘴里，爽朗的笑容几乎让人感觉有些勉强。

"还好，我又不是有孩子的家庭，就跟过家家一样吧，挺没劲的。"

"不会吧。都结婚了，本来是想一起过日子的吧。"

我顿时没了食欲，午饭还没吃完就放下了筷子。

"说爱情一过四年就会变淡，看来是真的。我们用了两年恋爱结婚，两年半就离婚了。"

"你没事吧？"

"别这样问，有什么大不了的。矢岛君你不也一样嘛，一个人过得潇潇洒洒。"

看见这个男人刻意表现得快活洒脱，我有些心痛。我离婚的时候，周围的人一定也是这样看我的。

出了咖啡店，我说要去书店，与他分开了。然而我只是从经常光顾的书店前路过，向写字楼街角的小公园走去。天气虽好，风还带着凉意，天气一好就会被女白领们占领的长椅，今天零零星星地空出几处。我在一张长椅上坐下，点上烟。

大家都离婚了啊。我茫然地想。

他说"有什么大不了的"，我想并不是说谎，也不是逞强。或许真的没什么大不了。最近无论什么人离婚，我都不会惊讶了。

我试着回想我听说的离了婚的人：和我同年的一位男客户、我的科长、结婚后本应该离职的女下属、大学时同一社团的一对夫妇、现在正在交往的这位寡言少语的宠物美容师。

其中既有有孩子的，也有没孩子的，也不仅限于年轻人。让人不禁想，或许离婚也是自然的事。

刚才的男同事曾在酒席上告诉我，他老婆喜欢上了别的男人。他还半开玩笑地说："瞒着我在外面随便搞搞不就好了嘛，还要向老公请示个什么劲儿。"

他老婆或许不是随便搞搞，而是动了真心，或者仅仅是对老公产生了厌恶。我无从知晓其中的真相，也无意知晓。

我想女人是贪心的，并不知道满足于现状这回事。说得好听些，或许叫有上进心。两个身着制服的女白领像怕冷似的缩着肩膀，发出开心的笑声，从我面前经过。我愣愣地望着她们的背影和被风扬起的长发，目送她们远去。

我的婚姻生活持续三年后落下了帷幕。落下帷幕这个说法大概最为贴切，因为我仅仅是茫然地观望着事情的发生。

成为我妻子的女人随性地来了，又任性地走了。结婚当然也是我的选择，却无法消除旁观者的印象。突然有一天，她来到我面前，直截了当地说："我喜欢你，我们结婚吧。"我立刻就喜欢上了这个女孩。因为知道自己被爱着，所以想用爱来回馈对方。

结婚第二年有了孩子，她就辞职了。我并没有劝她辞职。然而孩子出生之后，曾经挺着肚子一脸心满意足的妻子，情绪突然急转直下。

她说："男人在外面工作，世界那么广阔，真让人羡慕。我只不过是孩子的奴隶罢了。"我说："那就托人照看孩子，咱们俩都出去工作吧。"不论是家务还是带孩子，再麻烦我都愿意帮忙。

然而妻子却摇着头说："问题不在这儿。我好像已经没办法尊敬你了。"说完她就哭了起来。我完全不知道该怎么办。正茫然不知所措的时候，她带着孩子回娘家去了。大约分居了半年，我们就离婚了。

即便到了现在，我还是不知道妻子到底想要什么。

虽然她说男人和社会有联系，看到的世界更广阔，然而我认为这不是性别方面的问题。生活在广阔世界里的人，只不过是极少数有野心、有声望，又天生拥有超凡体力的人而已。

因为性别是男性，所以得到社会上工作，而工作这东西总是有一定的程式，并没有层出不穷的变化。像我这样的事务性工作，一天里说话的对象就那几个，内容也并非那么重要，不过是联系、核实以及简单的社交辞令。偶尔外出喝酒聚会，话题也不外乎上司的坏话和八卦，再就是聊聊天气和电视节目，与家庭主妇们闲话家常几乎没有什么不同，都处在狭窄的环境中。

妻子也许早就看清了这一点，也许是发现自己选中的男人比想象的要无聊得多。可这算什么啊。我并不打算执迷不改，然而打一开始就是个无聊的男人。我没有出人头地的抱负，工作之余也没有别的嗜好，比起普通报纸，更喜欢看体育报，就是这么一个无聊至极的男人。要是讨厌这一点，那我也无可奈何。即便如此，对于和工作一样无趣的妻子，我还是打算好好爱护她的。

但我也许终究是个不值得爱的人。我无心把离去的妻子拉回身边，还是个小婴儿的儿子就这样离开我的生活，我也并没有多么挂念。

看来这样的人遭到众人的唾弃是理所当然的。千晶也终于察觉到我的冷酷，要离我而去了吧。

爱情又一次死亡了。从一开始，这就是意料之中的事，然而我对自己产生了一种无法言说的无力感。它如此沉重，紧紧地贴在我的鞋底。

工作不能成为我的人生价值。恋人、妻子，甚至自己的孩子也没能让我振作起来。没有什么欲望，不期望成为富豪，对赌博也没有兴趣，更不想一个接一个地和不同的女人发生关系。那我到底想要干什么呢？为什么我不能成为有上进心的人呢？

对我而言，每一天只不过是打发时间而已。但人生对于打发时间来说也太漫长了。

距离千晶因一通电话态度突变的那个晚上，已经过去两周了。

我没有主动联系她，她也没有来电话。我在父母家自己房间的床上闲躺着，望着扔在桌上的手机。

这样互不联络，我们的关系一定会自然地消亡吧。她上班不用去车站，她的休息日又是我的工作日。我只要不去荞麦面店，两个人就再也不会偶然碰面了吧。

是希望事情变成这样，还是不希望呢？连我自己也不清楚。

我对千晶的感情绝不是假的。然而我没有强烈的热情去挽留即将离开的人。她如果想从我身边逃走的话，还有什么必要去见面确认这一点呢？询问她变心的理由，说"过段时间再作为朋友见面吧"这样违心的话，实在是麻烦，叫人提不起兴趣。

就因为讨厌变成这样，我们（至少是我）才以暧昧的方式交往。难道不是为了随时可以分手，我们才什么也不向彼此确认吗？

想到这里，心底突然涌上一股怒气，我从床上爬起来。

我简直像为初恋烦恼的女中学生一样，生怕心里话说出来会让双方尴尬，于是宁愿不开口告白，保持朋友关系。简直和这样的思维如出一辙。

一阵热血翻涌上来，我拿起手机往千晶家里打了电话。

铃声响了一声后，她小声地应答道："喂。"我报上名字，她显然沉默了。时间是工作日晚上九点。同样的时间里，我曾给她打过好几次电话，怎么偏偏这次沉默了呢？

"没什么要紧事，就想问问你怎么样。"

我装出和平常一样的语调。

"嗯。之前太对不起你了。"

"什么对不起啊？"

我装作若无其事的样子，她再次沉默了。"那么再见。"这么说完挂上电话，就算结束了。我从以前的经验中学到，这是把伤害降到最低的做法。

"现在能见面吗？就一小会儿。"

从我嘴里冒出来的，却是十几岁少年一般的台词。

荞麦面店已经打烊了，我提议去以前我们一起去过的一家酒吧见面。但她拒绝了，说了句对不起，然后问："能不能换成甜甜圈店？"

我心想，又不是高中生，却马上想到了原因。那家酒吧是一家只有中年店主打理的小店，即便店主睁一只眼闭一只眼，尴尬的气氛恐怕也很难隐藏。要是还有别的客人，她就无法开口说出分手的话了。

车站前商业街的甜甜圈店营业到深夜，店面宽敞，客人也各式各样。想想看，要是在昏暗的场所窃窃私语，那么见面时间就会拖得很长。而在这家店，似乎简简单单就能把话说完。

我先到了店里，避开正放声大笑的四个大学生模样的那桌，在里面靠墙的座位坐下来。

比约定的时间晚了五分钟，千晶出现在了店里。一如往常，她长发垂肩，一副毛衣配牛仔裤的打扮，然而脸却像是换了一个人。她原本就不怎么化妆，今天像是因为不得不出门才涂了点口红，脸颊上长了暗疮，眼珠暗淡地下陷。

"风干的糯米团子。"我暗自想道。

她挂着勉强的笑容，端着在柜台买的咖啡在我面前坐了下来。甜甜圈店明晃晃的荧光灯，无情地照亮她暗淡无光的脸。

"身体不好吗？"

我这样问绝不是嫌恶，而是她看起来真的不太好。

"有点睡眠不足，没事。"

"最近很忙吗？"

"倒也没有……"

她闪烁其词地说，小口地喝着咖啡。

"晚饭吃了吗？"

"傍晚吃了一点儿。矢岛君你呢？"

"吃过了。"

说到这儿，我们俩沉默下来。不知不觉，两周前还让人愉悦的沉默，现在却像蛛网一般黏糊糊地缠绕在一起。

"没有话要说吗？"

我忍不住开了口。这样尴尬地挨时间，还不如把想说的话说出来，就算是分手的话也好，别的什么也好，赶紧说完回家算了。

她咬着嘴唇沉默了一会儿，像心意已决似的抬起头说：

"最近每次与你见面，我变得越来越痛苦。"

果不其然，我用手指轻轻地弹了一下咖啡杯。

"就猜到你会这么说。明明知道不好说出口，还故意为难你说出来，抱歉。"我说着，甚至露出了微笑。

"是和前夫重归于好了吗？"

"才不是。"

"抱歉。不是有意刨根问底。我们也没有约定要好好交往。我不会再去那家荞麦面店了，千晶你可以放心地去。我们住得近，可能还会偶然碰面，你不要觉得尴尬。"

我觉得自己像傻瓜一样，说完笑出声来。她闭着眼，似乎很苦恼的样子。

"今天我就不送你了，路上小心啊。"

这样说着站起来的时候，我见千晶脸颊上有泪珠滑落下来。

这一瞬间，我胸中的怒火猛地烧了起来。

我努力让自己平和地说出了这番话，怎么她倒成了受害者一样，还流眼泪？是觉得自己什么也没做错吗？要不故意说句挖苦的话给她听？我还从来没对女人动过手，要不扇她一耳光？

我忍着愤怒看着千晶，她用手指擦掉眼泪，抬起脸看我。看着她分外憔悴的脸，我紧握的拳头松开了。

"……发生了什么事？"

她摇摇头。可是，我的性格还没有那么"男人"，能这样撇下她回家。

接下来的周日，我在结婚后一直生活的街区的公园里等人。

三月的第一个周日，仿佛已经进入了春天。天气很暖和，穿外套出门的人都脱下外衣搭在手上。

我在花坛边坐下，环视着公园。草地上仍然枯草丛生，照在上面的阳光却很柔和，图书馆的大玻璃反射着耀眼的光。举家出游的人陆续从下面走过。

正四处看着，一个推着婴儿车的女人走进了我的视线。对方也注意到了我，微微抬手向我示意。

前妻款款走来。我灭掉正吸着的烟站起身。

"不好意思，把你叫出来。"

她微微一笑，冲我摇摇头。

"找个店进去坐坐吧。在这儿会不会有点冷？"我俯身看着婴儿说。

"这儿挺好啊。今天很暖和。难不成你有很长的话要说？"

轮到我苦笑着摇摇头，找了一张空长椅坐下。她也将婴儿车固定好，在我身边坐下。婴儿睁大眼睛，像觉得不可思议似的盯着我看。

"真可爱啊。几个月了？"

"快六个月了。"

"是女孩吧。抱歉，名字叫什么来着？"

"美咲，美丽地绽放的意思。"

"好名字啊。"

我们坐在公园避风向阳的地方，在婴儿前说着话，在外人看来大概像是一对年轻夫妇吧。然而我们其实是已经离婚的夫妇，面前的婴儿是前妻和再婚的丈夫生的孩子。

"你来见我，跟樋口君是怎么说的呢？"

"就照实说了。我跟他说想见见矢岛君。"

"这种事不刻意跟他说，会不会比较好？"

"别担心。他不是那种因为这点事就疑神疑鬼、怄气发火的人。"

反驳的话涌到喉咙口，但事到如今，我已经没有心思跟她争吵，于是闭上嘴垂下了头。

"拓一呢？他好吗？"

"嗯，好啊。今天和他爸两个人出去玩了。"

"你本来也应该一起去吧？"

"没有。他怕我太累，休息日会尽量带拓一出去玩。这样我就只用照顾这一个，能稍微轻松一些。"

"哦，他人真不错啊。"

我伸出手，轻轻地触碰了一下婴儿的脸颊。也许是不认生的缘故，这孩子一点都不害怕，一会儿看看我，一会儿看看她妈妈，突然毫无预兆地笑出了声。我条件反射地缩回手，不由得鼻子一酸。

因为是同一个女人生下的孩子，理所当然，这孩子和拓一长得很像。现在儿子已经两岁了。今年过年的时候，前妻寄来的贺卡上，印着已经长大的拓一跨在玩具车上的照片。背后是抱着这个刚出生的孩子的前妻，还有取代我成为一家之主的叫樋口的男人，在照片里绽放着笑容。

看着这照片，我没有悔恨，也没有悲伤，却尝到了一种难以言喻的空虚。我决定一辈子不见自己的儿子。并不是不想见，但也不至于朝思暮想非见不可。然而，我感觉仿佛在什么地方犯下了大错，苦涩的愧疚感塞满胸膛。

老老实实躺在婴儿车里的婴儿仿佛待腻了，"啊——"地叫了一声，做出要母亲抱的姿势。她看见了，就松开婴儿车的绑带，抱起了女儿。

"不是有话要说吗？"我前妻打破沉默问。

"也没什么特别要说的。"

"想见拓一吗？"

"没有。你再婚的时候，不是说了让我别再见他吗？"

即便离了婚，我作为父亲当然也有见儿子的权利。然而她很快就决定再婚了，"现在孩子还小，不知道换了父亲。"她得出的结论是，与其知道有两个父亲，让孩子感到混乱，还不如不去见他。况且离婚后，她说再也不想见到我，也不希望我见儿子。

我答应了。她新的结婚对象是我认识的人，是我和前妻共同的朋友。和我一离婚，她立刻提出了再婚的事，所以可能和我分居期间，两个人就开始交往了。

那个男人说不上帅气，却是个诚实开朗的人。

再婚对象是他的话，一定没问题。无论是我的儿子还是我的前妻，他都会好好珍惜。我处不来的丈母娘，他应该也能好好相处。听她说要再婚的时候，我不但没有忌妒，反而感到非常放心。

我退出是最好的选择。并不是不在乎儿子，也不是想抛弃他，然而我只抱过他几次而已。我想，在深厚的父子关系建立起来之前，我这个精子提供者和孩子分开，对他和我都是好事。

"我是不是不太像个男人？"

无意间冒出这个问题，我自己都吃了一惊。问这种问题是要干什么呢？

不出所料，前妻笑着问："什么嘛？"

"被一个女孩这么说了。她说是夸我，可怎么想都觉得不像。"

见前妻爽朗地笑了，我也感到开心，意外地直言不讳起来。

"是恋人？"

"但是交往不深。"

她眯起眼睛看看我，然后耸耸肩。

"你确实是发生什么事情都不会发火，拜托你什么事都会去做，还那么疼爱米克。"

米克是我们养的三花猫。

"但是，你老是一副局外人的表情。可能你并不是有意的，但不管是工作还是做家务，都给人一种迫不得已履行义务的感觉。照顾米克也是心血来潮了就干一下，帮忙照顾孩子也一样。"

婚姻生活几乎都是在争吵中度过的，无论她对我说多少抱怨的话，我都是左耳进右耳出。同样的话以前她肯定也对我说过。现在总算理解了其中的含义，然而已经太迟了。

母亲怀里的婴儿开始哭闹。她嘭嘭地拍了拍婴儿包着纸尿裤的屁股，说：

"得回去了。"

她一边向我赔笑，一边把婴儿放进推车，从我面前缓缓走开了。

我没能从长椅上起身，屈着身子把手肘支在膝盖上，埋下头叹了口气。

前妻离去的背影和千晶的背影重叠在一起。她也像那样推着婴儿车散过步吧。

前几天，在甜甜圈店听千晶说，和我一样，她也和前夫有过一个孩子。我想都没想过她竟然有孩子，吃了一惊。

据我所知，她现在一个人生活。那孩子是前夫家带走了吗？好像并不是。她的前夫工作很忙，回家只是睡个觉就走，又无法依靠住在乡下的公婆。更重要的是据千晶说，"即便是自己的孩子，他也没有一点想抚养的想法。"孩子由千晶家抚养，现在在她老家由父母和姐姐照顾。

为什么会变成这样？我问。在漫长的沉默之后，她总算告诉了我。

导致千晶离婚的直接原因，是她的产后抑郁症。

她自己似乎也没料到。她从小就喜欢动物，所以做了宠物美容师，对这份工作很满意。然而对于人类的孩子，而且是自己的孩子，母性本能竟然会不起作用，她痛苦地说。她是怀孕后结婚的，没有时间充分考虑是不是真能和这个男人一起生活，是不是真的想要孩子，做出结婚的决定后还是无法消除不安。然而无论跟谁倾诉，得到的回答都一样："大家都是这样啊。很少有人是确信对方是命中注定的人才结婚的，而且孩子一生出来，就没有时间烦恼了。"她也让自己相信或许真是这样。

然而孩子出生之后，她变得越来越古怪了。倒不是不开心，也不是不爱孩子，觉得孩子不招人爱，但是她的孩子很不好带，只要不抱在手上，就会像着火似的哭个不停。无论白天还是晚上，她不得不把孩子竖抱在手上，不停地摇晃。手臂发麻，腰部剧痛，而孩子还是哭闹个不停。

"谁都是这样，一开始婴儿的母亲就是睡不成觉的。但哺乳期女人的身体构造能承受得了。"姐姐这么说。于是她忍了下来。

丈夫抱怨孩子哭闹得他睡不着觉，便住到了公司。然而连续几天住在公司实在奇怪，她心想他是不是住到别的什么地方去了，但没有问出口。千晶的前夫有些喜怒无常，如果问到他不称心的事，就会歇斯底里地怒吼撒气。当时她又是家庭主妇，总是想着"是他挣钱养我，不能抱怨"。

她筋疲力尽，无论跟谁诉苦，得到的回答总是"大家都是这样啊"，什么问题也解决不了。她意识朦胧，头脑恍惚，不停地责怪自己：普通女性都能克服的困难，为什么只有自己克服不了。

于是有一天，绷紧的那根弦断了。

她把哭闹不止、喂了奶又吐出来的婴儿留在家里，独自出门去了。自己都不知道自己在做什么，在街上整整彷徨游荡了两天，困了就进一家便宜的旅店开了房。店员看她状态不对就报了警，她被保护起来。

孩子放在家里两天半，出现了脱水症状，但性命保住了。她只是一味地哭泣，无法好好说明情况，就这样住院进了精神专科。

不久千晶稍微恢复了平静，却失去了养育孩子的信心。母亲和姐姐理解她压力大，同意暂时收养孩子。而千晶害怕回老家去看孩子。不管医生怎么向她保证，她还是难以鼓起勇气。

千晶的前夫不仅不同情她，反而露骨地泼冷水，说自己挣的钱足够养家，还在休息日帮忙换尿布、给孩子洗澡，她怎么还会得产后抑郁症。因为她是宠物美容师，还以为她有强烈的母性，结果让人失望。

她什么也没有反驳，同意离婚。孩子的抚养费如数汇来，然而前夫却不来看孩子，还说什么"要是再婚的话，可一定要联系我，有男人挣钱了，我就没有义务再掏钱了"。

她的姐姐一年前生了自己的孩子，说养一个养两个都是养，就和母亲两个人一起抚养她的孩子。

之前的电话是姐姐打来的。千晶快满一岁的孩子最近开始叫姐姐"妈妈"，叫姐夫"爸爸"了。

最初姐姐是想等千晶心情平复下来后，回老家和孩子一起生活，在那之前暂且帮忙抚养一下，可是最近孩子叫她"妈妈"让她很难过。姐姐说，如果千晶打算回老家，就趁现在孩子还没长大回去，不回去的话，她想正式收养孩子。

千晶还没有打定主意。

我有些理解她犹豫不决的心情。她没准是想，有父母和姐姐的老家一定是最适合孩子成长的地方。缺乏母性的自己选择离开，把孩子留在那里，或许才能让孩子获得幸福。

然而，那毕竟是自己亲生的孩子。曾经造成精神压力的冷酷前夫已经不在了，只要父母和姐姐、姐夫能帮忙，自己也许能养育孩子。她心里也有这样的期待。

她说要去看一次孩子，再作决定，然后补了一句：

"你不会愿意和这样怀着沉重隐情的女人交往下去吧？"

我什么也没说出口。

"才不是呢。"我无论如何也无法说出这句话。

我坐在荞麦面店的桌子边，喝着啤酒。当然，就是对千晶说"我再也不会去了，你放心去"的那家荞麦面店。

已经连续来了五天，她还是没有出现。也许她再也不想踏进这家留有和我的记忆的店了吧。

她打定主意了吗？见到女儿以后，还是觉得放不开手吧？或者是看到和姐姐亲密无间的女儿，想就此放手呢？

我想象着千晶坐在对面空空的椅子上的样子。她沉默寡言，就算笑的时候也只是浅浅地微笑。这曾经让我感觉优雅迷人，但也许是因为她怀着深重的隐情。少女时代，她曾是排球社团的团长，原本应该是个活泼开朗的人。

她的家里没有生活气息，也是因为她只把那里当作临时住处。跟我恬淡的交往方式，也是因为原本无意深交，期待我们只是擦肩而过的关系。

吃着她喜欢的蘑菇天妇罗，喝着啤酒，我考虑着各种各样的情形。

要是她把孩子领回来，我该怎么做？相反，如果她把孩子交给姐姐，一个人回到这个城市的话，我又会怎么样？

我回想起她说的话，"你不会愿意和这样怀着沉重隐情的女人交往下去吧？"的确是这样，但在怀着沉重隐情这一点上，我也是一样的。

让她也听听我的隐情吧？直到现在，我还没告诉她有孩子的事，也是同样的理由。将复杂的内心向她挑明，要是得不到她的理解，会让人恐惧。

我喝干了杯子里的啤酒，一个人摇着头。

她的前夫和我有多大区别？离婚时，我也一点都没想过要抚养孩子。要是告诉她这一点，她会怎么想？

这时，荞麦面店的门开了，我一惊，抬起头来。"欢迎光临。"店员大婶的声音很有精神。进来了两个上班族。大婶引导他们坐到靠里的座位上。我叹了口气，往杯子里倒啤酒。

千晶好像三天没去宠物店上班了。我一直鼓不起勇气往她家打电话，今天悄悄去宠物店打探了一下，被店里其他的女孩发现，心无芥蒂地告诉我千晶请假了，明天开始上班。

见了她，要说些什么呢？我茫然地想。我还没有做出任何决定，仅仅是想和她见面。这是确定无疑的。

要是那扇门打开，千晶走了进来，看见我后显露出惊讶的表情，来我面前的椅子上坐下就好了。

有一点醉意涌上来了。

要是我不小心说出"一起生活吧"，可怎么办？要是我说出"千晶，我和你，还有你的女儿三个人一起生活吧"，可怎么办？

我这个连自己的孩子、为自己生孩子的女人都没能好好去爱的人，不能说这样不负责任的话。

况且我不想和千晶分手，是因为就这样分手的话，可能一生都得怀抱着空虚度过了。我并没为她着想，仅仅是为了让自己逃避空虚在做打算罢了。我可能会再次逃跑，千晶也可能再度患上抑郁症。

仅仅当作擦肩而过的路人，就此分手，大概更好一些。在这家店里见面，只向彼此展露舒心的模样，烦恼的事情绝口不提。

这本该是我们的规则，这本该是只有年岁在增长，却仍然是孩子的我最低限度的礼貌。

我招招手又要了一瓶啤酒。不点日本酒，是想等千晶坐下来以后再点。

另外，我在想那只白色的金吉拉要怎么办呢？要是她回老家的话，就没办法把它带回讨厌动物的母亲家里去。至少能让我收养这只猫吧。

哎呀，那还不如和猫一起，把她和她女儿收养过来呢。不不，说收养也太轻狂了，应该低下头，请求让我和她们一起生活。

唉，这只不过是我一厢情愿的想法。如果为她的幸福着想，我还是应该消失。

随着醉意蔓延，我的思绪就像动物园里的熊一样在同一个地方来回打转。

荞麦面店的门嘎哒一声打开了。"欢迎光临。"传来店员大婶精神十足的声音。

秋茄子

　　和丈夫的父母住在一起，已经有三个月了。

　　虽说是"住在一起"，但是两个家庭在一栋房子里分楼上楼下而居，准确地说或许不能叫"住在一起"。

　　我们住的地方距离城铁山手线站徒步只要十分钟。从郊区搬进城里住，大大缩短了用于通勤的时间，方便多了。房间的大小和以前没有太大区别，可终归不再是二十年前的老房子，而是新建的独栋住宅。空间毕竟是不一样的，从窗户、浴室到露台都明亮又宽敞。建筑费用全部由丈夫的父亲承担，我们只须支付给老人相当于郊区房租金额的房费。丈夫是独生子，房子和土地早晚是他的，而且丈夫的父母对我们的生活基本不加干涉。

　　"今天你请客哟。"

　　朋友丽香一脸不满地说着，将剩下的鸡尾酒一饮而尽。

"为什么啊？"

"过得这么称心如意，不觉得愧对世人吗？把你的福分也分一丁点儿给别人吧。"

"幸运倒是幸运，但也不见得有多幸福。"

"你说你哪里不幸福？工作顺利，老公人又好，长得又帅，公婆对你们小两口又理解，山手线内环中心城区的独栋住宅白给你住。你说说看还有什么想要的？"

孩子——我本来想这么说，但是再多说下去恐怕会惹人讨厌，就没再多话。

"不过，工作顺利也是因为光子你有实力，那么棒的老公会看上你，也是因为你有魅力啊。唉，我这人太刁钻了，别介意呀。"

丽香耸耸肩膀笑着说。看着她的侧脸，我转念一想，自己的确是挺幸运的，而且还有能够信赖的好朋友。

"啊，对了。连载的第一回我读了，太有意思啦。"

"真的吗？"

"嗯。像你写的东西，很好。现在的专栏写作，辛辣过头的也太多了。我更喜欢像你这样敏锐但又不怀恶意的文风。"

我有点不好意思，端起酒杯送到嘴边。

我是自由职业者，从之前的编辑公司①独立出来有五年了。不

---

① 接受出版社、企业、广告代理商等的委托，从事编辑、创作出版物等项目的公司。

管是采访什么人，做多么怪异的企划书，什么样的工作委托我都接。忘我地工作，渐渐可以自主选择了，现在主要做关于时尚和室内装饰等面向年轻女性的杂志，也成了签约作者，写一些有关女性生活方式的随笔。最近，我刚拿下一家大型综合杂志社的专栏连载。丽香是我最初供职的编辑公司的同事，她现在已成了那个公司的元老级人物，游刃有余地活跃在职场上。

我从公司辞职，转为自由职业不久的时候，和丈夫相遇了。那是一家杂志策划的项目，为某位女明星在东南亚新开发的度假村进行报道，我担任该女星的影子写手，他是同行的广告公司的负责人。

整个计划也兼有让女明星度假疗养的性质，因此日程安排得比较松散。工作人员中没有让人讨厌的家伙，除了那位任性的女星之外，大多数人都是一团和气，是一次愉快的旅行。

那么多二十多岁的男男女女，在梦幻般美丽的南国度假地一起工作，没有浪漫的故事发生才奇怪。除我们之外，那趟旅行还促成了另外两对恋人，但最后走入婚姻的只有我们俩。

一开始，我对相貌端正、体格健美的他有戒心。他太体贴周到，甚至让人觉得可疑。我想，像他这样无论外貌、言谈举止还是工作状态都无可挑剔的人，一定精于和女性玩乐。现在想来，那其实是既不漂亮也不可爱的我近乎偏执的想法。

证据就是旅行途中，我清楚地知道自己被他迷住了。我爱上了他无忧无虑的爽朗笑声，还有其中隐藏的细心周到，以及出人意料的腼腆和细腻。而让人难以置信的是，在众多的女工作人员中，他也最中意我。

回国前的那个晚上，他叫上我悄悄从告别宴溜了出来。在他的房间慌乱地被他拥入怀中的时候，我在开心的同时更感到悲伤。旅途中的恋爱往往一回归日常就会终结。即便这样，也不能期待成为他的恋人，我对自己说。

然而回到东京后，他几乎每天给我打电话。彼此的工作都很忙，但我们仍然想方设法挤出短暂的时间见面。

从没有被男人这样爱恋过，我感觉如此幸福，近乎受宠若惊。当他向我求婚的时候，我甚至觉得事情太圆满，叫人不敢相信。

他说哪怕结了婚，也可以继续工作。岂止是"工作也可以"，他还对我说："我讨厌那种空有美貌，满足于做人偶的女人，喜欢工作中的女人，尤其是像你这样有魅力的人。"

因此结婚之后，我仍想埋头工作。忙碌的时候几乎连小小的家务事都无暇顾及，但丈夫绝不会给我脸色看。他从小就帮忙做家务，做饭和打扫都很在行。他常常说自己的事情自己做是理所当然的。相对而言，比起做可口的饭菜，我的工作得到世人的认可更让丈夫感到高兴。

他爱玩，性格又很阳光，常常在繁忙的工作间隙，见缝插针地带我到形形色色的地方去。比如每年两次海外旅行、打网球、玩高尔夫、参加他朋友举办的聚会，在这些场合，他总是大大方方地介绍，说我是让他引以为荣的爱妻。这样的时刻，我品尝到了摇身一变为第一夫人般的心情。和他的婚姻让我有了自信，收获了为伴侣自豪这种无与伦比的人生喜悦。在结婚四年后的今天，这样的心情仍然丝毫没有改变。

"这么说，是光子你不想要孩子喽？"

突然听到丽香这么说，我正端着酒杯的手停了下来。

"唔……我想也该生了吧。"

"还年轻，工作又风生水起，再等一等不也可以嘛。一旦有了孩子，夜里就不能出来玩了。"

"是啊。"

"不过，跟老公的父母住在一起，什么时候怀上都不用担心。那么可爱的孙儿，他们能不喜滋滋地帮忙照顾吗？"

我含糊地笑笑，掩饰过去。

丽香说的一点不差，我就是抱着这样的"用心"，同意和丈夫的父母住在一起的。

说是如意算盘倒也不假。我心里知道，即便最终打错算盘落了空而灰心失望，也只能怪自己判断失误。

聊得太投入，错过了末班车，我们打出租车回了家。以前半夜从市中心乘出租车回到郊区的公寓得花上两万日元，今天只花两千日元就到家了。

公公婆婆住的一楼已经熄灯。我小心翼翼不发出声响，踏上了外侧的楼梯。建筑的一楼与二楼是完全分开的，二楼有独立的大门入口。

丈夫还没有回来。他原本就不是工作结束后直奔家门的类型，然而搬来市中心后，回家的时间越来越晚了。

本想冲个澡，但已是凌晨一点多了。考虑到楼下的公婆已经就寝，打算明天早上再洗，只洗了脸刷了牙。刚换上睡衣，外面就传来开门的声音。

"光子，我买寿司回来喽，寿司。"

伴着丈夫明朗的声音，走廊里传来咯噔咯噔走近的脚步声。

"回来啦。"

"回来啦。从筑地市场买来的寿司，吃吧。"

丈夫醉醺醺地给我看寿司盒，他系着领带的样子就像电视剧中的上班族一样可笑。但是在嘲笑他之前，我先竖起食指放在嘴边，示意他小声些。

"说话小声点儿，别在走廊里咯噔咯噔地跑。"

"怎么了？不要像小学老师一样说话嘛。"

"爸妈他们已经睡了。"

"不用这么小心谨慎。这是新建的房子，隔音做得好着呢。"

"但是睡觉的人还是会在意。"

"好啦好啦。我冲个澡，沏点儿茶吧，吃了寿司就睡觉。"

再说不让他洗澡，他想必会生气，就没能说出口。我静静地沏了茶。他哗啦哗啦的冲澡声不绝于耳。

我把寿司盒打开，准备碟子和筷子，不由得叹了口气。

也许是我太小心谨慎了。公公婆婆习惯早睡早起，和快到中午才起、下午开始工作的我们生活时间完全错开。晚间我们的脚步声和洗澡的声音应该会影响他们。然而，公婆一次也没有对我抱怨过。他们也许根本不在乎这点小事，既然决定让儿子和儿媳住在二楼，或许最初就料到多少会有些噪音，这是没有办法的事，他们有心理准备。

然而我还是无法不介意。因为无论是在搬来前还是搬来后，公婆和我都基本没有什么交流。

我和丈夫的父母第一次见面是在婚礼那天。之前我竟然没有见过他们。

决定结婚以后，丈夫当然去问候了我的父母。住在乡下的父母十分喜欢开朗又有礼貌的丈夫。接下来应该轮到我去问候他的父母，一般说来理应如此。然而从丈夫那儿传来了他们令人吃惊的回应："太麻烦，算了吧。"

我觉得奇怪，但心想既然如此也无可奈何，倒乐得轻松。丈夫似乎不太喜欢自己的父母，仿佛是因为要结婚才不得已联络他们似的。这比恋母情结泛滥的男人要好得多，况且我也因为能跟他结婚有些飘飘然，并没有往深处想，或者说是害怕往深处想。

我和他从一开始就不打算举办订婚礼等陈腐的程序，我的父母表示接受，他的父母当然也是无所谓的反应。我们约了工作上的同事和老朋友，在市中心的教堂里举行了婚礼。在那个时候，我才第一次见到丈夫的父母。

要问成为我公公婆婆的两位是怎样的人，他们是普通得不能再普通的老头儿和老太太。婆婆一眼看去长相端正，年轻时一定是个美人，然而似乎比实际年龄显老一些。和我住在乡下的父母相比，丈夫的父母显得更有品位，没有什么特别惹眼的怪异之处，两位都普普通通、彬彬有礼，沉稳又慈祥。

丈夫的父亲对我说了祝福的话。我们互相低头行了礼，请他们今后多多关照。婆婆只是待在他身后，静静地微笑。事后我才注意到，她那天只是微笑，最终一句话也没有对我说过。

婚礼之后四年的时间里，我一次都没有见过他们，也没有通过电话。每年新年放假，丈夫都想去海外旅行，他觉得中元节和岁末赠送礼物的习俗①很无聊，我也赞成他的意见，于是全盘接受他的观点，从来没有送过礼物。我偶尔会一个人回乡下家里看看，丈夫却似乎很少跟自己的父母联系。跟他提议说，偶尔也该去看

①日本有在每年 7 月 15 日至 8 月 15 日中元节，以及年末向平日给予自己关照的人赠送礼物的习俗。

看公婆，他却说时不时会打电话问问家里的情况，让我不用在意。

既然如此，我也乐得省心，再说工作和玩乐都已忙得不亦乐乎了，我也就听之任之。

一直以来都是这样，所以当公婆突然说要修建两代人合住的房子，要不要和他们一起住的时候，我心下着实纳闷是怎么一回事。

我问丈夫，到底是公婆心境发生了变化，还是有什么深层的缘由，他只是含糊其词。

更让我吃惊的是，丈夫竟然不排斥住在一起，还说"只要光子不介意，我想搬到他们修建的两代合住的房子去住"。

我是可以拒绝的。如果我不愿意，丈夫肯定不会勉强。因为来找我商量这事的时候，丈夫似乎在窥探我的情绪，仿佛只要我表露出丝毫不快，他就会哭出来似的。向来自信满满的他第一次流露出这样的卑屈。

我没有深究事情的原委，就同意搬去和他的父母合住。其实我也希望改变一下生活，不想再没完没了飘忽不定地度日，想生个孩子安定下来了。而且我想，这种二人世界的生活一直过下去也不是办法。

于是三个月前，我们夫妻俩搬了过来。一定会有各种各样的麻烦事，但我相信也会体味到更像"家"的生活气息。

然而，我们搬来后一次也没跟公婆吃过饭，也没一起喝过茶，只不过礼貌地打了声招呼，说了句"请多关照"。

怎么想都觉得事情非同寻常。如果是其他人就算了。世上的确有不喜欢同邻里交往的人。但他们可是跟丈夫有血缘关系的亲生父母，是我的公公婆婆。他们为我们修建了居住的房子，只收取微薄的房租，不久连土地带房屋都会留给我们。对儿子和儿媳体贴到这个地步，倒不如稍稍刁难我们一下更好理解些。

我跟丈夫说了这些想法，他却说不必介意，父母按父母的节奏，我们按我们的步调生活就行了，为这种事烦恼才不对劲。他是亲生儿子，对他来说或许没关系。可对我而言，实在有种被蒙在鼓里的不快感。

丈夫冲完澡出来，我们一起吃了寿司。工作一天后本该很累了，丈夫却把今天发生的事风趣地讲给我听。我总是为他充沛的精力感到吃惊。睡眠时间平均不过四个小时，我却从没见过他疲惫不堪的样子。休息日也不待在家里，总叫上我或者朋友出去玩。

丈夫说的话很有趣，但我实在困得不行了。瞅准一个适当的时机，我站起来说，去睡觉吧。两个人一起刷完牙，就钻进了被窝。一闭上眼，睡意立刻袭来。可是丈夫又来触摸我的身体，把我从睡眠的海底硬生生地拽了上来。

"抱歉，今天我困了。"

我尽可能温柔地拒绝他，丈夫却不罢休。

"拜托，别这样。"

"拜托，就这样。"丈夫窃笑着说。

"我没洗澡啊，不要！"

我不自觉地提高了音量。丈夫压在我身上，似乎很受打击，愕然地低头看着我。

"为什么？"

"因为……现在太晚了。"

"该不会是顾虑楼下吧？"

我不情愿地点了点头。丈夫深呼了一口气。

我以为他会说些什么，他却什么也没说，在我的脸颊上轻轻吻了一下，就盖上了毯子，背对着我蜷起身体，仿佛要性子似的睡了。

第二天，我在家里写东西。

最近外出采访的工作相对减少了，像这样踏踏实实地待在家里查资料写文章的工作多了起来。

把写好的稿子用传真发出去，时间忽然空了下来。才下午一点。我躺在沙发上翻来覆去，抬头看着天花板。柔和的阳光透过宽大的窗户照射进来。加上工作完成后，心里有股满满的充实感，叫人心情大好。

丈夫今天好像又要到半夜才回来。我无所事事，考虑着要如何打发这空下来的时间。倒可以开始做下一个工作，但最近无论工作还是玩乐都匆匆忙忙的，我想一个人悠闲自在地歇一歇，寻思着去买点东西，做点自己爱吃的菜。

丈夫几乎不在家吃饭。他不吃早餐，也不在晚饭的时间回家。他喜欢在外面就餐，休息日也让我和他去外面吃。

对我而言，这有时候让人痛苦。我最喜欢普普通通的白米饭配烤鱼和腌菜。其实比起盛装打扮去意大利餐厅吃意大利面，我更想和丈夫在休息日自在地待在家里吃这样的饭菜，他却说我这种希望透着一股家庭妇女精打细算的劲儿，一笑置之。

我搜索着冰箱里的存货，取出了存在保鲜盒里的腌菜引子。正宗的腌菜我做不了，但还是从老家带来一些腌菜做引子，简单地腌一腌。让丈夫知道的话恐怕又要嗤之以鼻了，所以一直把它藏在冰箱的最深处。

我打开保鲜盒，把以前腌的茄子取出来。切了一小块放进嘴里，腌的程度刚刚好，在我尝起来是腌得挺好吃的。

给楼下送一点过去吧。忽然，脑子里冒出了这个想法。我站在厨房的洗涤槽前，噘着嘴。

搬到这里后，我做过好几次点心和小菜，给住在楼下的婆婆送过去一些，想以此为契机，一点一点和他们亲近起来。

可是，婆婆哗啦一下打开外门，像对推销员说话似的问我："您有什么事？"我一边说着"我烤了一些松糕"或者"炖菜炖得太多了"，一边把带来的东西递过去。她的回答总是十分机械：

"啊,谢谢啦。"收下了东西,又咔啦一下把门关上。几次都是这样。我还改变过策略,邀请道:"来二楼坐坐吧。"结果她说了一句:"现在我们正在休息。"给我吃了个闭门羹。

或许是有顾虑,或许是讨厌我,反正明显是被拒绝了,以后不要再上门比较好。虽然这样想,可我这坐不住的屁股似乎总在蠢蠢欲动,静不下来。

我洗了几个形状漂亮的茄子,用铝箔包好,想在他们开口逐客之前送过去试试看。如果我先背过身去,那关系进展也就遥遥无期了。

我一边下楼一边想,俗话说"秋茄子别让媳妇吃①",是秋茄子太好吃了才不给媳妇吃,还是因为对身体不好才不让媳妇吃呢?

要把我完完全全当媳妇对待,我会很为难,但是一点媳妇的待遇都没有也叫人挺灰心的,我叹了一口气。

站在一楼的大门口,我按下了门铃。总是这样,只按一下的话,婆婆绝对不会出来。我稍等了一会儿,又按下第二次、第三次。"哪位?"婆婆的声音闷声闷气地从对讲器里传来。

"是我,光子。能打扰一下吗?"

---

①日本的一句俗语,一说是因为秋茄子好吃而故意不让媳妇吃;一说是因为秋茄子无籽,担心媳妇吃了无法生育或容易体寒。

我尽量让语调显得开朗。即便对男性，我也从来没发出过这样谄媚的声音，不禁对自己的声音有些厌恶。

　　"这就来开门。"她回答说。这一次比以往等得更久。我站在久久不开启的门前。"这也许证明她是真的不喜欢我。"正这么想着，玄关的门安静地打开了，婆婆的脸像幽灵一般倏地出现在我眼前。

　　她的脸色平常就不算好，这会儿看起来更糟了。头发通常都是利落地盘起来，今天却有些凌乱。

　　"妈妈，您哪里不舒服吗？"我一不小心脱口而出。

　　"……嗯，没有。"她模棱两可地侧着头回答，转开视线。

　　"身体有没有哪里不舒服？"

　　"什么事也没有，只不过是在休息。"

　　婆婆仿佛要掩饰什么，下意识地低着头，我也低头看去。她的脚上趿拉着拖鞋，我发现她右脚的脚踝上贴着大块的药膏。

　　"您的脚怎么啦？"

　　"崴了一下，没什么大不了的。"

　　"扭伤了吗？什么时候崴的？在哪儿？"

　　"没事的，也不太疼。你来有什么事吗？"

　　我慌忙把带来的东西拿了出来。

　　"啊，这个是我腌的，做得太多了，就送点儿过来。"

　　"哎呀，总是麻烦你，谢谢。那就这样吧。"

她马上就想关上门。但在那一刻，我捕捉到她脸上掠过极为痛苦的表情。

"妈妈！"就算被当作厚脸皮也认了，我强行打开门，走到婆婆身边，"脚很疼吧？我今天休息，帮您做点什么事吧？"

尽管如此，婆婆还是一脸为难地说："没事的。"

"让我也做一点儿媳妇该做的事吧！"

我直截了当地说完，婆婆像吃惊似的睁大了眼睛，然后虚弱地微笑了。

追问之下，才知道婆婆昨天晚上在洗澡间滑了一跤，扭伤了脚，疼得厉害，却还没有去看医生。

今天丈夫把家里的车开出去了，我叫了出租车带她去医生那儿，立刻做了 X 光检查，确认骨头没有异常，只是扭伤，于是带了一堆止痛药膏回家。

这样一来做家务肯定吃力，我自告奋勇把做晚饭和准备泡澡水的事承担下来。不知是客气还是真的不喜欢，婆婆说不用，我这个晚辈还是强行在公婆家里越俎代庖了。

又问了一下，才知道她早上起来后什么也没吃，我暂且用剩下的米饭做了杂烩粥，添上自己做的腌茄子给婆婆送了过去。

"光子可真能干啊。这些东西，一眨眼就做好了。"

她坐在沙发上，一边稍显客气地把我做的杂烩粥往嘴里送，一边说道。

"这实在不算什么，随便做的。"

"真好吃。谢谢。脚也好多了，你实在帮了大忙。"

我把翻出来的茶泡好，送到婆婆的跟前，一边挠着头。

婆婆毫无疑问是举止文雅的人，但为什么会说出这么见外的话，还是真的把我当外人看呢？

"我们夜里冲澡的声音，是不是很吵？"

我一问，婆婆轻轻地笑了。

"年轻人嘛，和我这样的老太婆作息时间是不一样的。"

这句回答让我低下头思量了一下，这是在说"确实很吵"吧。觉得吵的话，直接抱怨几句不就行了。

天气啦，车站附近新开的市场啦，我们一边有一搭没一搭地说着话，一边吃着我做的杂烩粥。话题总会中断，中断的时候我趁机装作不经意地环视屋子。

从三个月前起，我们就开始在同一栋屋子的楼上楼下合住，但我还是第一次踏进公婆的家。开间的格局差不多，一楼的客厅里铺着似乎很昂贵的波斯地毯，配一张皮沙发，装得满满的酒架上摆着说不清产地，但看似价格不菲的陶瓷器皿，给人的感觉很高级，有种社长会客室的味道，让人忍不住觉得太拘束了。一定是公公统一定制的装修风格吧。

厨房倒不愧是女人的天下，摆着女性化的红水壶、形状可爱的时钟等物件，却像陈列室般收拾得一丝不苟。

为了缓和沉寂下来的气氛，我爽朗地说：

"除了准备晚饭和泡澡水以外，我再做点什么吧？洗衣服和打扫卫生我都能做。现在刚好工作告一段落，我闲下来了。您的脚受伤了，就把事情扔给媳妇，好好休养吧。"

"已经没事了。你做得够多了。"

婆婆似乎十分认真地回答，我没再多话，只是"嗯"了一声便垂下了头。

"晚饭和泡澡水也不用准备了，恐怕今天也不回来了。"

"啊？"

听到如此唐突的话，我不明就里地看着婆婆的脸。

"我丈夫一般除了周末是不回家的，所以不必麻烦了。打扫卫生也请保洁公司代劳了，我自己一个人没有那么多东西要洗。"

仿佛在讲述别人家的事情一样，她轻柔地眯着眼睛说。

"这、这样啊……"

"是啊，所以没事的，你不用在意。"

到底是什么没事，不用在意什么？我不太明白，但还是有点别扭地点了点头。

"今天恐怕也不会回来。"婆婆是这么说的。也就是说昨晚扭伤脚的时候，她也是一个人在家。

"那个……"

可能有失礼数，但我还是没法不开口。

"要是受伤啦、发烧啦、寂寞啦、想有人说说话啦，什么时候都可以，您往二楼打个电话，我会马上下来的。"

但婆婆只是回答："啊，谢谢啦。"还是一贯生硬的社交辞令。

当天夜里丈夫回来时，我没有问候，就先把婆婆扭伤的事情告诉了他。

他双眉紧皱着，详细地询问了婆婆的情况。我说："这么担心的话，明天出门前去看看吧。"

"会去的。"他嘟囔了一句。

"医生说疼痛消失得两三天时间，这几天我去得勤一点，看看情况吧。"

"这样倒是帮了大忙，但你的工作不要紧吗？"

"那不算什么，况且现在又不忙。"

"抱歉，麻烦你了。"

丈夫猛地低下头对我说。他怎么也这样见外？我的心不免焦躁起来。对人以礼相待是好事，但彬彬有礼到这个地步会让人心生不快，倒像把我当作了外人一样。

"哎——"

也许有点难以启齿，但保持沉默的话更让人无法平静，我把从婆婆那里听到的事说了出来。

"爸爸他，一直是周末才回家的吗？"

丈夫正要解领带的手停住了，因为是背对着我的，我看不到他的表情。

"不是一直，一定是出差了吧。最近他晋升了，出差好像少了，我小时候他每个月有大半个月都在出差。"他笑着说。丈夫倒是一直很开朗，但也不见得什么话都能笑着说出来，因此总有点刻意而为的感觉。

"就是说，妈妈经常一个人待在楼下？"

"又不是小孩子，没事的。"

"昨天她受伤的时候也是一个人。"

我一时没按捺住，说出来的话冷冰冰的。他回过头瞪着我。丈夫还从来没有对我露出过如此可怕的表情，我的心怦怦直跳。

"光子，你想太多了，操心过头了。"

他忽然态度一转，又笑着用温柔的声音说：

"原来你是这么老派的人啊。可真的不必为了做一个好媳妇这么拼命。我妈的事，放手别管就行了。"

说完，他哼着歌把衣服一件件脱掉。

我拦住正要去洗澡的丈夫说：

"等等，为什么是这样？我搞不懂。"

"不懂什么？"

听到他爽朗的反问，我摇了摇头。

"受伤或生病的时候，无论是谁都会变得懦弱吧？都会希望有人来关心自己吧？"

丈夫愕然地看着我。

"我们到底为什么要来和公公婆婆一起住？不就是为了万一有什么事，能互相有个照应吗？如果是为了像这样若无其事地生活，倒不如分开住更轻松呢。"

绝不能感情用事。尽管我这样想，还是感觉那些在沉默中积攒起来的东西，正从一个小小的口子汹涌而出。

"我今天才第一次踏进楼下的门，搬过来都已经三个月了。要是没有发生今天的事情，这个时间恐怕还会更长。你不觉得这样不对劲吗？"

丈夫穿着汗衫和运动短裤，挠着耳朵，诧异地看着我。

"怎么会突然说这些话？"

"这可不是突然。"

"我不明白你有什么不满意的，也不打算讨论这个。搬到这里来，工作和娱乐都更方便了。我们的关系也和以前一样，这样不是没有问题吗？要说多少次才管用，你不用为了我父母的事而感到烦恼，放手别管就行了。"

扔下这番话，他转过身打算离开。我不禁对着他的背影脱口而出："那我的父母要是有什么三长两短，你也打算甩手不管喽？"

他刚刚迈开的脚停住了。

"我本来不想说这些的。不，我是想过得更像个家的样子。如果有了孩子，你还是这个样子吗？婆婆他们还会继续无视我的存在吗？"

"孩子？"他的嘴因为感到不快而歪着，"我并不打算要啊。"

我愣愣地抬头看他的笑脸。

"谁来带孩子呢。我有工作，你不是也有吗？"

"那两个人一起……"

"又要花钱，旅行也去不了，也不能出去玩。要是小猫小狗的话还能寄养一下。对了，养个什么宠物倒是可以。"

他用毫不含糊的语气说道，双手搭在我的肩上，在我的额头轻轻一吻。

他愉快地向浴室走去。我呆呆地目送着他的背影。

之后的几周内，我都极力不去想公婆的事。刚好临时接到工作，我就集中精力处理工作去了。

不想去思考，对思考有种恐惧。这和结婚前，对于他和他的父母忽然生出异样感的时候一样。如果直面问题好好思考的话，一定会摧毁什么，会失去什么。我有这种预感。还是留到工作结束后再说吧，于是我把问题束之高阁。

然而，心无旁骛地埋头苦干之下，工作比预想的结束得早。和工作伙伴一起简单地吃完饭，我疲惫地拖着脚步，在回家的路上踽踽独行。

本来很想约个人出来喝酒，但可能是因为最近没怎么睡觉，身体像发烧似的倦怠无力。大概快要感冒了吧。我打算今天什么也不想，一回到家就立刻睡下。

就这样行尸走肉般下了电车，走出检票口的时候，"光子！"一个熟悉的声音在我身后响起，我慌忙转过身。像是丈夫的声音，但一看，站在那里的是丈夫的父亲。我一时不知该说什么，呆站着挪不动脚。

"这是要回家吧？"公公温和地问我。

"是啊。"我好不容易回答了一句，不知为何紧张起来。这是第一次和公公单独相处，从一开始我就有点应付不来。

因为我们住在同一栋房子里，我只得无奈地和公公并肩往家走。不仅是声音，公公的体格和长相也和丈夫很像。如果还是壮年的话，一定相当帅气。

公公和婆婆不同，仿佛瞅准这个机会问了我各种各样的问题，比如我的工作，他儿子的近况，房子住着感觉如何等。尽管他的话语温和有礼，我却感到有种不愉快的情绪渐渐涌起。

"妈妈的脚怎么样了？"

我正好想起来，就这么问了。其实自那以后，我一次也没去看过婆婆。丈夫去过几次，说是已经好了。

"已经没事啦。那家伙什么事都大惊小怪的，总是一会儿说那里疼一会儿说这里疼，净给人添麻烦。"公公以近乎唾弃的口气说。他穿着裁剪精良的西装，无论从哪个角度看都是位优雅的绅士，然而在埋怨过后，竟然还"呸"地往地上吐了口唾沫。我眼睛都瞪大了。

"哦？"

"哎呀，这已经是一个女性工作也天经地义的时代啦，倒无可厚非，可也该早点让我见一见咱们家的继承人长什么样啊。"说完，公公爽朗地笑了。

我感到脑袋在骨碌碌地打转。"你儿子可说不要孩子啊！"这句话涌到了喉咙口，费了好大的劲才咽了回去。

"爸爸，您每个月大概有多少时间得出差呀？"

我越是生气，越会用彬彬有礼的温柔语调讲话。那矫揉造作的声音仿佛不是自己的声音。公公瞟了我一眼。这时已经走到他修建的两代人合居的大房子前。

"最近倒是大大减少了，即便这样，每个月也会有两三次吧。"公公毫不心虚地说，"所以不在家的时候也多，你偶尔也帮忙瞧瞧我们家老太婆的情况。"

这么说着，公公轻轻拍了拍我的肩头。我差点儿出于条件反射，把这只手给掸开。

到家了。我和公公和气地互相笑着，向各自的家门口走去。

我打开门一进屋，就不知不觉蹲在了地上。不知是什么原因，眼泪肆意地流出来，一点办法也没有。我咬紧牙关哭了起来。

我没吃饭，只服了感冒药就钻进了被窝。疲劳加上大剂量的感冒药，让我沉沉地睡着了，连丈夫回来也没发现。睁眼醒来时，双人床上，身边睡着的丈夫正轻声打着鼾。

遮光窗帘的那一边已经亮起来了。枕边的闹钟显示已过了七点。为了不吵醒丈夫，我悄悄下床走出卧室。

走进客厅打开电视，节目和往常不一样，才注意到今天是周六。一想到是丈夫的休息日，心里感觉"真糟糕"，这让我吃了一惊。

我热了牛奶，靠在沙发上一点一点地喝。身体还有些乏力。如果可以，今天想在家里卧床休息。然而丈夫肯定一醒过来就说"出去玩吧"。

刚结婚的时候，我比现在岁数小，听到丈夫邀我出去会很高兴，总是跟着他出门。然而有一天，我说："有点儿感冒了，今天想在家歇一歇。"丈夫露出了十分嫌恶的表情。"我有好多预定的事情要做，感冒可别传染给我。"丢下这句话，他就一个人出门去了。他很多时候爱开玩笑，但本质上是个彬彬有礼的人，因此我着实吓了一跳。

从那次开始，我才发现，丈夫对病人和弱者的态度冷淡得令人吃惊。有位朋友生病住院的时候，只有他一个人坚决不去探望。

他这些地方，我很早就发现了，所幸我身体一向健康，工作日他上班不在家的时候，我一个人也能过得悠闲自在，所以能相安无事地相处至今。

可是不知不觉中，我开始觉得疲累。感冒这样的小病还能蒙混过关，一想到要是将来患上什么重病，就觉得可怕。他一定不会帮忙吧。不仅仅是我，住在楼下的父母年纪再大些，如果生了病，他或许也不会帮忙。

这到底是怎么回事？不管是丈夫，还是他的父母，都有凭我的常识琢磨不透的地方。自从确定无疑地触到了他们之间的裂隙，我便无法移开视线。

喝了牛奶，我慢吞吞地站起来，昨天没有洗漱就睡下了，我想先洗个澡，静静地穿过走廊进了浴室，控制着水量，冲澡的时候尽量不发出太大的声响。

今天不想和丈夫待在一起，干脆说工作还没做完，让他一个人出去玩吧。

我心情灰暗地洗着，忽然感到胸部有一点刺痛。拿着浴球的手停了下来，我用另一只手触碰疼痛的地方。

左乳房的侧面有个圆形的硬块一样的东西。虽然小，但的的确确就在那儿，一碰就疼。我站在莲蓬头喷洒出的水帘中动弹不得。

那天接下来发生的事，一想起来就让人郁郁不快。

从浴室出来，我头发也没吹干，披上浴巾就急忙给老家的母亲打电话。母亲好像从前也长过同样的东西，做过手术。

本打算冷静一些，但或许我当时很惊慌，对母亲说明症状的时候，声音有些大，正好醒过来的丈夫听见了。

"我想可能是良性的脂肪球，还是先去医院看看吧。"母亲说，"和我当时的症状很像，应该不会是乳癌。"

我稍稍感到安心，挂上了电话。忽然感觉有人在看我，转过身，只见丈夫脸色铁青地站在那里。

"光子，你胸部长了什么东西吗？"他低声问我。

"啊……你听见了？"

"为什么要偷偷摸摸地打电话？是乳癌吗？"

丈夫夸张的表情让我差点忍不住笑出声来。知道他在为我担心，我挺开心的，于是想让他更担心一点儿。我带着恶作剧的心理，故意摆出一副阴郁的表情，低落地垂着头。

"不知道，周一去医院看看。"

我低着头，看不到丈夫的表情，望着他睡衣下面露出的脚回答道。那一瞬间，这双光着的脚调转方向，慌慌张张地吧嗒吧嗒跑进了卧室。我愣神的当儿，他已经换好衣服，看也不看我一眼，带着可怕的表情从大门出去了。

那天，丈夫最终没有回家来。第二天、第三天，丈夫仍然一个电话也没打来，人也没有回家。

周二那天，收到他发来的传真。

"暂时不想见到你。"

只有这一行字而已。

事情变得不再好笑。丈夫把可能患上乳癌的我抛弃了。

"这算什么事?!"

丽香听完事情的原委，吃惊地说。

我沮丧不已，完全不知道该怎么办。丽香偶然打来电话，听见她的声音，我就在电话这头哭了起来。她慌忙赶到我家，我把丈夫和公婆的事情全部告诉了她。

"当初我就觉得事情也太圆满了。建好两代人合居的房子给我们住，房租也只收一点点，再加上不会多嘴多舌的公婆，哪里找……"

事情太圆满了。这是丈夫向我求婚时，我的第一感觉。原来是这样，无论如何，这段婚姻从一开始就太圆满了。

"那你去医院了吗?"

"嗯，检查结果下周出来，医生说可能是良性肿瘤，又特别小，不切除也行。"

"那就好，感冒怎么样了?"

"焦头烂额的，我也没留神，它自己就好了。"

"这就好，可还是要注意啊。还和以前一样熬夜的话，皮肤会变得越来越糟糕。"

丽香一边喝着我泡的咖啡，一边笑着说。能有人关心我的身体状况，理解我不安的心情，这样温柔地对待我，让我高兴得又想流眼泪了。

"你老公还没回来吗？"

"回倒是回来过……"

"你们没有和好？"

"和什么好，半夜回来，一大早就出门去了。"

"下作的家伙。"

丽香冒出这么一句。我虽然不愿认同，但是听到从朋友嘴里说出的实情，咬住了嘴唇。

"但我想，你老公也不是讨厌你。"

我点点头。这我是知道的。倒不是自我感觉良好，我想丈夫是爱我的。我也依然非常喜欢他。

相识以来，丈夫总是逗我笑，支持我的工作。别人家的丈夫如果不是不断提醒，是不会帮忙做家务的，然而无论是洗碗还是擦窗户，丈夫都开开心心地做。他好奇心旺盛，只要是没去过的地方都想去，没吃过的东西都想尝一尝。即便是语言不通的国家，他也会兴致勃勃地去喜欢的地方走一走，而且和什么人都能成为朋友。

这样的丈夫，我非常喜欢，同时也尊敬他，羡慕他旺盛的生命力，所以才想和他结婚生子建立家庭。我才不像他那样，认为孩子是麻烦。如果家里添了孩子，应该会比现在更其乐融融。

然而这样不行。这种状态，哪里还谈得上增加人口，连我都想离开他。

"这可得由你来决定啊。"

丽香说。我点点头。事情不能再拖下去了。

我爱着丈夫，但不见得只要有爱，就什么都可以。这一点在丈夫的角度也一样吧。

离婚。这个词在头脑中闪过。

也许这是不可避免的结局，我闭上了眼睛。

接下来的周末，我和丈夫一早就出了门。

这种时候，我其实并不想出门，然而不得不去参加朋友的婚礼。

丈夫多少有些不自然，却还是对我露出了久违的笑容，称赞我定做的新绢丝套装非常合身。我也决定今天停战，夸了夸他身着礼服的模样。

教堂里的仪式完毕后，参加了在餐厅包场举行的婚宴，我们推掉了第二场的邀请，坐着丈夫的车离开。

丈夫说要绕近道，向着港口方向驶去。没有共同出行的周末只有上周一次，却感觉仿佛很久没有和丈夫一起出门了。

在港口附近面对着大海的公园，丈夫停下车，我和他走出车厢。太阳开始西斜，公园里到处是相互依偎的年轻情侣。我们曾经也是同样的"年轻情侣"，然而一旦身处婚姻中，我们在不知不觉间变了。虽然是一点一点地，我们也理所当然地上了年纪。

我们找到一张空的长椅，坐了下来。丈夫点了支烟，眯起眼睛看着我。

"胸怎么样？"

我耸了耸肩，告诉他检查的结果。

"说没什么问题。但是医生说每年要做一次检查，如果变大的话最好切除。"

"是吗。"

他的声音显得特别疲惫。我一面来回晃着穿着高跟鞋的双脚，一面开口问丈夫。我觉得现在可以问了。

"哎，为什么一听说我胸上长了硬块，你就逃跑了？"

"……我以为是乳癌。"

"如果是乳癌的话，你会怎么办呢？打算离家出走，再也不回来吗？"

他不自然地移开了视线。"不知道。"他小声嘟囔。眼前这个大男人像被母亲责备的小学生一样垂头丧气。

"我才搞不懂你。即便你抽烟抽得太多得了肺癌，我也不会离家出走的。即便是没救了，知道你会痛苦地死去，我再难过，也会陪着你走到最后。"

他把正抽着的烟扔在脚下，用鞋踩灭。他的脸上没有笑容。

"为什么？我本来以为在危难的时候我们能彼此帮助，为什么你对生病的人和体弱的人那么冷漠？为什么要讨厌休息的人？你自己不会偶尔也想休息一下吗？"

"不知道。"他自言自语似的说。我是第一次见到如此模棱两可的他。无论什么时候，他总是有卓越的判断力，势不可挡地奋勇前进。

"一直害怕被你讨厌，所以没说出口。可我累了。我不明白你和你的父母是怎么回事。孩子我是想要的，可是我说的话你也不听。"

"只要生孩子就没事了吗？"

"不是这样。你如果不想要的话，我也不勉强你。但是你要让我知道。突然告诉我不要孩子，你考虑过我的心情吗？你爸问我什么时候可以抱上孙子，我当时是什么心情，你明白吗？"

说到这里，我感觉有些过分了。但他只是低头看着地面。长久的沉默之后，他嘟囔着"爸爸他……"，嘴唇在颤抖。

"爸爸在外面有女人，好久以前就有了，说是出差，其实是住在那边。"

多少料到了这种情形，因此我并不怎么吃惊。

"修建两代人合居的房子，也是父亲一手安排的。这样一来，儿子回来住，他在外人面前也更体面，也能把母亲丢给我们照顾，他乐得安心。"

"既然你看得这样透彻，为什么还决定搬回来一起住？"

我直截了当地问，然而一问出口就后悔了。这不是明摆着的事吗？

"我不能不管母亲。"他扶着额头，脸埋在影子里，看不清了。

"不对，其实我恨死她了。从小就一直是这样，为了懦弱躲闪的母亲，我尽力了。洗衣服、做饭都由我来做，还要编有趣的故事讲给她听。我想看到母亲高兴，看到母亲笑，无论学习还是其他事，我都比别人努力得多。"

他说到这里闭口不言了。我意味深长地抚摸着他的头发。

"母亲没有对你笑，对吧？"

丈夫重重地点头。

"她一直都挂着一副忧郁的表情，没精打采地待在原地。我明白是父亲的错，然而母亲却什么也没做。愤怒的话发火不行吗？生不起气来就哭不行吗？哭不出来就离家出走不行吗？"

说出最后一个词的时候，他在颤抖。我看见他宽大的手掌上有泪水流淌下来。

"我恨光子你生病，怕你会像母亲一样变得闷闷不乐。"

我第一次见到男人哭泣，有点不知所措，拼命把他的头抱在胸前。路过的情侣仿佛感到不可思议似的，一边望着我们一边走过去。

"我做不到。我总是有一种歉疚感，无法好好地表达善意。尽管我拼命努力，母亲还是像从前一样忧郁地过日子。"

我偷偷看着他的表情。

"我尽管什么都明白，还是无能为力，总感觉如果连你也变得像母亲那样一脸忧郁，除了生病的事什么也不想的话，我怎样都无关紧要了。"

"才不会这样呢。"

"我讨厌这样。我要快乐地生活下去，不想失去光子。"

我用手指擦掉他的泪水。眼前这个大男人其实还是个孩子，在和不理睬自己的母亲闹别扭。

这个恋母的家伙！我可以对他大发雷霆，然后撒手离开。然而我又一次把手放在他的背后，画着圈安抚他。

我并不觉得能为他们带来什么改变。他们经历的漫长而痛苦的日子，我终究无法让他们忘却。然而如果背过身去，就不会有任何进展。无论何时我都这样想。

哭了一阵子，大概是回过神来了，丈夫有点难为情地低着头。我将手伸向他的膝头。

"再问你一遍。"

"嗯……"

"如果我得的是乳癌，你会怎么办？"

他像个被责怪的孩子似的，一脸可怜巴巴地望着我，自言自语般回答："我一定会走投无路的。"

"然后呢？"

"不知道。不真到那个时候，就不会知道。但是……"

"但是？"

"已经受过一次打击，这一次就不会逃跑了。"

我无奈地耸耸肩笑了。丈夫也露出了苦涩的笑容。

"对了……"丈夫突然抬起头，"光子，你在做腌菜？"

话锋突然转向我，我抬起头来。

"突然问这个，怎么啦？"

"怎么都不给我吃？"

"这可是'家庭妇女精打细算的东西'，我以为你不喜欢吃呢。"

"我妈可说，腌茄子好吃得不得了。"

我望着丈夫哭过后红红的双眼。将他和他的父母三个人牢牢捆绑在一起、无可进退的家庭里，加上了一个我，于是这个家实实在在地以不同的形式动了起来，虽然只动了一点点。

我愿意这样想，毕竟好不容易才走到一起。

不知不觉太阳已经西沉。我站起来，催促丈夫："回家吧。"

纸婚式

"我可一点儿都不打算养老婆。"

这句话从丈夫嘴里说出来的时候，我竟然很受打击。我想，也许他是想夸我。而且对于我们的婚姻状况，他是引以为荣的。这是朋友婚礼续摊的时候发生的事。这对夫妇是未婚先孕才仓促成婚，一个年轻女孩似乎相当羡慕，所以丈夫对她说出了这句话。

"那你也不打算养孩子喽。"那女孩穷追不舍地问。

"才不要孩子。"丈夫似乎故意用小学生吵架般的孩子气的语调回答。

"说是这么说，一旦怀上了怎么办呢？"

"所以说别怀上啊。"

"那，要是太太说想要孩子怎么办？"

"所以，我不是说了吗，不怀！"

"这也太奇怪了吧。"

"哎——哎——快把这两个醉鬼给拉开！"不知是谁笑着喊了一声，于是从四面八方伸来了手，把凑在一起相持不下的这两人给分开了。我也抓着丈夫的手往自己身边拽。

"怎么了？这么较真？"

"没较真。"

"那姑娘都哭了，待会儿去给人家道个歉。"

"干吗向她道歉啊？"

"快先去上个厕所。"

我这么说着，拍了拍丈夫的背。他不满地啧啧哑着嘴，但也抓住了退场的好时机，老老实实地往洗手间去了。平常不怎么喝酒的人，今天却少有地喝醉了。

续摊的地点像是新郎常去的一个小酒吧，店面很窄，挨挨挤挤地塞满了人。都是丈夫那边的熟人，几乎没有一个我认识的。一开始就兴致平平，再加上丈夫说了那样的话，我的心情真是跌到了谷底。我正想先回去，拨开人群向着出口走去的时候，撞见了之前和丈夫纠缠的那个女孩。

"刚才真对不起，今天不知怎么搞的，他好像喝醉了。"

见那女孩儿还泪眼汪汪的，我不得已说了这句话。这女孩估计才二十出头，穿着黑色迷你裙，白皙的脖子、手臂和腿露在外面，像洋娃娃一样可爱。

"太太，用不着您来道歉。"

女孩的回答中带着露骨的反感。

"对不起，这孩子喝多了。"

一个女孩插进来说，好像是她的朋友。我含糊地摇摇头转过身去。这时，女孩大声说：

"你们俩太奇怪了。像这样的话，结婚还有什么意义。"

一转身，看见那女孩正被朋友咚咚地敲打着头，我苦涩地笑了。

我们是十年前结的婚。经共同的朋友介绍认识，然后约会、去酒店，普通地交往着，发现彼此利益一致，就结婚了。

他当时是初出茅庐的 CG①艺术家，住在一间没有浴室、六叠大的简单公寓里，过着埋头于电脑和堆积如山的资料的生活。我在东京市中心一家经常有外国客人出入的酒店前台工作，住在从学生时代起就一直居住的位于郊区的一居室里，正打算搬到离公司近一些的地方去。

即便如此，我们也没迫不及待到闪婚的地步，没有头脑发热，也没有奋不顾身。他是深思熟虑过的。他说一起生活挺好，但不

————————————

①指借助计算机来制作动画的技术。

打算要孩子，房间也想分开；还提议说彼此不要依赖对方，自己的伙食费自己挣，自己的事情全部自己做。

我赞成他的想法。因为两个人的工作时间都不规律，为了不干扰彼此的睡眠，房间应该分开。我不打算放弃工作，也没想过要孩子。而且我不喜欢做饭，不用做饭也行的话，我真是求之不得。

因此在我家，"家务"几乎是不存在的。吃饭是各自在外面解决，洗衣服如果只管自己那份也不算多。打扫卫生也只是简单整理一下自己的房间。这样像是和朋友合租般的生活过了十年。

其间没有任何问题。一定要说有的话，就是客厅被丈夫购买的各种机器和杂志彻底掩埋了，想打扫也无从下手，邀请客人来家里也几乎不可能。但这不是太大的问题。和朋友可以在外面见面。双方的家长也不来东京，新年各自回乡讨家里人欢心，家长们一开始好像还纳闷，不知何时也接受了现实。

为什么我会大受打击呢？我睡觉起来之后，还没有完全清醒的脑袋里浮现出了那天发生的事。丈夫说一点儿也不打算养我。素不相识的女孩瞪着我说这样的婚姻没有意义。

那天之后，五天过去了。对了，好像有五天没见到丈夫了。我连着上早班，丈夫大概因为交工日期逼近，住在公司赶进度。为了换衣服和冲澡好像也会深夜突然回家一趟，但我因为太困倦没有露脸，他也没有来敲我的房门。

今天总算能休息了。我茫然地坐在厨房的桌子前喝牛奶，望着挂在墙上的日历。

那女孩大概喜欢丈夫吧。我并没有嫉妒的感觉，只是平静地这么想。她脸上精心化过的妆哭得一塌糊涂，一定是知道自己喜欢的男人过着毫无意义的婚姻生活，感到焦心吧。

的确像她说的那样，我们的生活没有意义。总之连生活都没有，意义也就无从谈起了。

阳光透过客厅的窗帘照进来，我还没有洗脸，视线因为眼屎变得模模糊糊的，屋子里乱七八糟的景象应该早已见惯了，看起来却不知为何显得不可思议。想起看过的一部电视纪录片，讲述香港某个住宅区一间狭小的屋子里住着一家五口，那堆满了东西无处下脚的房间和这屋子极为相像，但是那间屋子里有生活。而我眼前的景象与其说是混沌，不如说是凄惨，清冷灰暗，尘埃混杂在光线里，仿佛电影的布景一般缺少现实感。

"怎么开始感伤了……"

我自言自语着，借着说话的劲儿起身往浴室走去，发现门边扔着脱下的一只大号耐克气垫鞋。回头看看丈夫紧闭的房门，他已经回来了。

即便如此也没什么。我脱下睡衣放进洗衣机，只在最初的时候，才在冲澡时注意过控制水的声音。要是处处小心在意，就没完没了。不论对方在还是不在，我们都按自己的步调行事。勉强自己为对方考虑，就会期待对方来顾虑自己。还不如双方都自由行事，这样就能避免冲突，相安无事。

我们这种生活在朋友和熟人之间传开了。大部分人都感到吃惊，好像时不时也有人带着敬佩或是轻蔑谈论我们俩的活法。

房租和物业费两人均摊，吃饭也是ＡＡ制，当然电话也是各用各的号，我们俩互不干涉地生活着。对方是在忙工作还是干其他的事无从知晓，住在外面不回家也是个人的自由，去旅行的话，只要在挂历上标注一下就可以（三天两夜之内的小旅行不打招呼也没关系）。我们不生孩子，也不买房子，双方老家的事，只要不是举行葬礼的话也不用参与，自己的家长自己照料。

简直是梦幻一般的婚姻生活，至少最初的两年是这样。

我们两人凑钱租下了干净整洁的高级公寓，尽量把休息日调到一起，去海边或温泉住一晚来一趟小小的旅行。我们饶有兴致地听对方说工作上的事，人际关系上遇到问题也互相倾诉，一起考虑对策。暑假还会打起精神去长途旅行。实在忙碌，休假的时间凑不到一起的时候，会在彼此的床上同眠。丈夫是我最要好的朋友，我想他对我也是同样的感觉。我们为只有两个人听得懂的笑话乐得前仰后合，只要彼此心心相印就能怡然自得，感到安心。我们对自己的婚姻方式充满自信，而且感到自豪。

不知从何时起，这种色彩斑斓的生活开始一点一点褪色。

我们似乎在刻意标新立异，而原本都不是多么特别的人。证据就是，一心向往的生活到手之后，我们渐渐开始厌倦了。新婚燕尔的时候打得再火热，也会慢慢失去怦然心动的感觉。这不是"平凡"又是什么呢？

不知不觉，我们不再兴致勃勃地倾听彼此的工作和朋友的话题了。即便倾诉烦心事，对方也不会为你设身处地考虑，所以不再开口了。两人共同出游也变得不再愉快。休息日调整起来很麻烦，便放弃了努力。

这样一再擦身而过的日子过了很久。说不寂寞大概是撒谎。但是能见到丈夫的面，能和他说上话，和他做爱，就不寂寞吗？似乎也不见得。

丈夫已然是我的一部分，不是别的什么人，所以见了面也不会忘记寂寞。我终于明白，能让人忘却寂寞的是"别人"。

洗完澡，我草草擦干头发，光着身子往头上搭了条浴巾就出了浴室。丈夫的房门开着，和刚起床的他撞了个正着。

"早。"他有点胆怯地开口说道。

"吵到你了吗？"

"没有啊。"

他穿着皱巴巴的汗衫，咔哧咔哧地挠着头向客厅走去。我到自己的房间穿上内衣，只套了一件 L 码的 T 恤。再回到客厅，见丈夫坐在我刚才坐的椅子上，一脸惺忪地抽着烟。

"工作忙完了？"

我一边打开冰箱一边问。其实并不是真的感兴趣，仅仅是寒暄罢了。

"忙完了。你呢？"

"今天休假。几点回来的？"

"天快亮的时候吧。"

我拿出听装咖啡，在他斜对面坐下来。沙发倒是有的，只是堆满了东西和垃圾，蒙着灰尘，这一年来都不记得坐过它。

"吃饭去吗？"

我拉开拉环的时候，丈夫说。我一言不发地喝着咖啡，不是无视他的问话，而是没感觉他在邀请我。

"吃饭去吗？"

他又重复了一遍。我总算意识到，那不是丈夫的自言自语，而是在跟我说话。

用了两分钟走到租的停车位，发现丈夫的车又换了。上次（那也是一年前了吧）坐他的车的时候，还是一辆银色的路虎，此刻丈夫插入钥匙发动的是一台深蓝色的沃尔沃。

"又换新车啦？"

好久以前还没结婚的时候，他会先为我打开副驾驶座的门，然后再上车。如今他也为别的女孩这样做吧。我这样想着，坐进了副驾驶座寻找安全带。

"嗯。"

他简单地回答着发动了车。汽车音响播放着说不清是哪国的节奏古怪的音乐。

"好想吃乌冬面啊。"

"嗯。"

"家庭餐馆也不错。"

"嗯。"

"你除了'嗯'不会说别的？"

"嗯。"

毫无收获的对话，却不剑拔弩张。我们对彼此的索求还不足以让气氛如此紧绷。丈夫开了一会儿，驶进了一家日式的家庭餐厅。我也多次和别人来过这家店。

我们被引到靠窗的宽大席位上，各自点了一支烟。我看着菜单，丈夫望着窗外。

没有话题可聊。如果是别人的话，总会努力找点儿话题吧，然而和丈夫面对面的时候不说话也心安理得。服务员来到旁边，我点了乌冬面套餐，丈夫连菜单也没看，就点了生腌竹荚鱼套餐。

"常来这里吗？"

"偶尔吧。"

对于我的提问，丈夫简短地咕哝了一句。实在看不出他已经三十过半。时髦的发型，新潮的眼镜，像个夜店男孩风格的健身教练。他比刚认识的时候瘦多了，下巴的线条变得清晰，胡子拉碴的很有魅力。

真帅啊。我心里想着，没说出口。这么帅的男人明明和我结了婚，不知怎的却没有真实感。总和我一起来这家店的男人可没有丈夫这么英俊。他穿着量贩店买的西装，是个怪不起眼的公司职员。没准我们在一起的时候被丈夫看到过。

"好久没有一起出门了啊。"

也不知突然想起了什么，丈夫轻轻一笑，跟我搭话。

"上周不是才去了笠井君的婚宴嘛。"

"那是上周吗？对日期的感觉有点错乱。"

"太忙了，不看电视都不知道是星期几吧。"

"嗯。比如看到《森田俱乐部》，才想到明天该倒垃圾了。"

并不投机的对话有一搭没一搭地进行着。点的东西上来了，我们默不作声地吃。乌冬面吃到三分之二的时候，插在牛仔裤后袋里的手机响了。我放下筷子接电话。

"今天几点过来？"

情人熟悉的声音在耳朵里回响。

"几点都行啊。"

"我有点事去新宿，约个地方见面？"

"行啊。哪儿？"

"六点在罗多伦咖啡店怎么样？"

"好，一会儿见。"

我干脆地挂断了电话。丈夫的样子丝毫没有改变，还在波澜不惊地吃着饭。我也近乎悲哀地发现，自己同样没有丝毫动摇。

人或许是受不了停滞不前的。

这十年来，丈夫换过许多台电脑和汽车，我换过好几个情人。即便这样不停地折腾，封闭的圆也只是一会儿膨胀一会儿收缩，却不会破。

我们没有买房的打算，也没有生孩子的打算，更不想回归故乡，身上不会有根本性的变化发生，不过是在生活的滑轨上骨碌骨碌地打转罢了。

过着这种生活的我们都还算富足，但也仅仅是衣食无忧，不愁游玩的钱。和身边的同龄人相比的确显得年轻，有可以自由支配的大把时间，但要说是不是真把时间和金钱用在了想做的事上，却也未必。

丈夫的想法怎样我不清楚，我自己是没有什么特别想做的事。

著名设计师设计的位于东京市中心的高级公寓，听起来风光的工作，受到女演员追捧的美容沙龙，海外的高级疗养地，和年长或是年轻、独身或是已婚的男人恋爱，其实都没怎么改变我。倒不是没有出现过让我想和丈夫离婚，把人生重新来过的人，然而只要交往半年，最初的热情就会冷却，有种仿佛和谁结婚到头来都一样的感觉。既然和谁结婚都一样，和现在的丈夫也没问题。

虽然不太清楚，但我想丈夫也有过许多次恋爱。这种事情不用特别关注也会察觉到蛛丝马迹。然而我睁一只眼闭一只眼。要是能避而不谈自己出轨的事情，冲动地责怪丈夫就好了，却又生不出这样的力气来。想去别的女孩那里就去吧，我并没有阻拦的意思。几时回来，在哪里过夜，我们都互不干涉。反正我们连结婚证也没有领，即使领了，也不会改变我们行动的自由。

"你要去哪儿吗，我送你吧？"

吃完饭坐进车里，丈夫问我。

"不用，先回去一趟。"

驶进国道，午后的阳光照进车里，我把遮阳板放下来。有什么东西轻轻飘落下来。拾起来一看，是郊外动物园的门票存根。我一言不发地把它收进了仪表盘里。丈夫戴着墨镜，看也没往这边看一眼。

一起去动物园的人是聚会上哭泣的那个女孩吗？丈夫是爱上她了吗？

没有办结婚手续，仅仅让朋友张罗了一场小型聚餐，我们就结婚。让一张纸或者一枚戒指束缚住也太奇怪了，年轻的我们对彼此这样说。

然而事到如今，仿佛陷入泥沼的宗教战争一般，最初的理由早已被遗忘了。我从来不曾有过让丈夫养我的想法，然而那句话把颤颤巍巍勉强支撑着我们的婚姻走到今天的拐棍儿突然撤掉了。

汽车在车道上左转，阳光从正面照射过来，我不由得眯起眼睛。就在那一瞬间，吧嗒一声，脸颊上有一滴凉凉的东西滑落下来。

我沐浴在阳光里，站在曾经期盼的乐园中，被关在名为理想的闪耀着白光的大门内，面对自己的无力，我能做的只是沉默无语。

"我们分开过吧？"

丈夫对默默不语流着泪的我说。我想也没想，就点了点头。

如果要丈夫搬家的话，得把好几台机器和大量的资料搬走，我的行李比较少，所以决定还是我搬出去。他一副抱歉的样子。比起待在十年没怎么打扫的屋子里，即便会增加诸多花销，搬到新屋子里也让我开心得多。

"你要离婚吗？"

听说我要一个人生活，情人面露怯色地问。廉价的西装整齐地挂在墙上，我知道他一定用毛刷好好打理过。丈夫平时很时髦，但对待衣服十分粗暴，我从来没见过他用衣架把衣服挂起来。

"唉，会怎么样呢？"

"会怎么样，不是你们俩自己决定的事吗？"

半年前在喝酒的地方认识了这个人。这家伙神经质，有点较真，器量小，性格倒很善良，处处都和丈夫不一样。

"本来在法律上我们就没有结婚，这样一分居，连事实婚姻也算不上了吧？"

情人皱着眉头看着我，不知是关切还是轻蔑。

"不用一副这种表情，我又不会逼你结婚。"

我一边喝着他用滤纸精心泡的咖啡，一边说。他的房间里还放着学生时代的被炉和书桌，有一种莫名的舒适感。此情此景像极了在老家挖苦父亲的感觉。

"我知道啦。"

正想着他会半天说不出话，他小声咕哝了一句。明明受伤的是他，我却有点想哭，慌忙抓起外套站起身。

"这就回去吗？"

"嗯。不好意思，得打包行李。"

他无力地挤出笑脸。我把涌到喉咙里的话又咽了下去，背过身去。

如果对他说"一起生活吧"，这个人一定会照做。然而这样一来又是重蹈覆辙。正因为是"别人"，我才会需要他。如果他不再是"别人"了，反而会和他疏远起来。仅仅将"别人"变成自己的一部分，并不是爱。我这样劝告自己。

"我能再来吗？"

在门口，我强打精神问起身送我出门的情人，他避开我的目光，没有回答。

回到家，见丈夫在大扫除。原本散乱在客厅里的杂志用绳子捆好了，装满水的桶里漂着抹布。

"怎么啦？又不是你搬出去。"

"没有，就是想打扫打扫了。"

"事到如今，是不是太迟了？"

我一笑，丈夫也笑出了声。我决定搬出去之后，丈夫不知怎的变得开朗起来。怎样挣扎也无法脱身的状态总算要有变化了，他一定很开心吧。这样一想，我有些不快，但其实我也一样开朗起来。久违的变化让我们俩都有些飘飘然。

我回到自己房间，放下外衣和包。明天就要搬家，房间里放着好几个塞满了行李的纸箱。一整理才发现，我的物品几乎尽是服装、鞋子和包。都是当时很喜欢才买下来的东西，但再看的时候，却是流行一过就不能穿的，干脆把一大半东西处理掉了。然后只要把随身用的物品装进行李箱就行了，真没劲。

回到客厅，见丈夫正要把一台旧电脑抬起来，就问："要帮忙吗？"

"啊，麻烦你了。"

像买来的时候那样，两个人用发泡塑料把电脑包装好后，费劲地把它装进了箱子里。

"是要卖吗，这台机器？"

"嗯。卖不了多少钱，但总比扔掉强吧。"

"那我带走吧。"

"行啊，带走吧。我来给你安装。"

听见他说这么温存的话，胸口一阵疼痛，几乎让我感到吃惊。我离开他的身边，去厨房清洗弄脏的手。如果不是分手摆在眼前，就得不到他的温存，这让我感到悲伤，甚至觉得如果一切没有开始该多好。

"和哪个女孩子一起住吗？"

用毛巾擦手的时候，我问。那一刻，我感到自己仿佛变成了他的姑妈。

"怎么会。已经领教够了。你才是吧，不是要去和什么人一起住吗？"

丈夫带着一点嗔怪的口气说。

"怎么可能。"

"应该是怎么不可能吧？"

"我也彻底领教够了。"

哈哈哈，我们干巴巴地放声笑着。笑过以后的客厅像烟花散去一般寂寞。丈夫在地上随意地盘腿坐着，点燃了香烟。从前送给他的 Zippo 打火机关上时发出"砰"的一声。

"那我去睡了。明天还得早起。"

"哎——"

我转动房门把手的时候，丈夫开口了。我不想再听一遍分手的话，于是急忙转动门把手。

"我想过了……"

"我不想听。"我头也不回地说。

"去一趟办事处吧？"

我缓缓地朝他望去。丈夫朝我这边转过身来，递来一张叠着的纸。

"这是什么？"

"结婚申请书。"丈夫噘着嘴唇说。这表情和在婚宴上跟那个女孩吵架的时候一模一样。幼稚鬼，我心里想。

第二天搬家，我和搬家工人，还有几个女性朋友开开心心、热热闹闹地顺利搬完了。晚上又来了几位朋友，在附近发现的居酒屋里，大家为我即将开始新的生活而庆祝。从早上起一直在干活儿，空着肚子喝了酒，一回到四处放着纸箱和行李的房间，我就倒在床垫上睡着了。

阳光从还没挂窗帘的窗户照进来。我慢慢地睁开眼，一瞬间，不知道自己身在何处，在做什么。

慢吞吞地起身，低头看着自己脏兮兮的手，还有臭烘烘的衬衫。可能是肌肉酸痛的缘故，全身嘎啦作响。

我在还带着涂料气味的新洗手间里上完厕所，拧开盥洗室的水龙头。香皂还没有从包里拿出来，只用冷水仔细地洗了洗手，想要洗脸，这才发现毛巾也没取出来。没办法，只好用衬衫袖子随意擦了擦。

冰箱里只放着饮料，我取出一罐乌龙茶，在床垫上坐下喝。忽然想起来，把塞在牛仔裤后袋里的结婚申请书抽了出来。打开一看，上面有丈夫的名字，一旁歪歪地盖着章。

纸婚式，是指结婚的第十年吧，把那张纸交上去吧。昨天丈夫这么说。这出乎预料的发展让我大吃一惊，暂且接过了他递过来的纸，只说了一句"考虑考虑"就走了。

昨天搬家的时候，我委婉地试探女性朋友们："纸婚式是结婚第十年吧？""不是第一年吗？"回答的人好像一副不感兴趣的样子。

我把这张皱巴巴的纸抛到一边，一个人轻轻发笑。在他的名字旁边写上我的名字交到结婚登记处的话，也许两个人都会稍微感到安心。丈夫充满理性，又崇尚个人主义，可以毫无惧色地宣称自己一个人就能活下去。我好像第一次看见了他深藏在内心的一面。

其实他又小气又懦弱，和我一样。可这样一来，好不容易变成"他人"的努力就失去了意义。本来还想，哪怕他不再是我的一部分也没关系，作为朋友彼此扶持着生活下去就好。

　　而且我不觉得一张纸能给我们什么保证。要一直牵着手走下去是如此艰难，还不如断然分手来得温柔。然而，即便什么也看不见，仅仅在原地打转，只要能一个劲儿不停地转下去，总会有结束的时候。

　　总会有结束的时候，那么……我喝干了冰镇乌龙茶，站起身来。

　　早晨的阳光让我不禁眯起眼睛，我揉揉眼睑，撕开还未开封的纸箱上的胶条，把东西一件一件取出来摆在床上。在化妆盒的角落里，发现了我的印章。

　　我把小小的黑色印章攥在手心，低头看看地面，又抬头望望屋顶，始终这样不知所措。